# BLゲームの主人公の弟であることに気がつきました 2

花果 唯

イラスト／しヴぇ

# Chapter select ▶▶▶

▸▸▸ Character

# BLゲームの主人公の弟であることに気がつきました

▸天地 央（あまち あきら）

1年生。170cm。
ゲームの主人公・真の弟に転生した元腐女子。央としての恋愛対象は女性……だと思う。

Flowering Season
—黒き薔薇の学び舎— とは?

*Story*

誰からも慕われるが、どこか人と距離を感じてしまう主人公・天地真が、攻略対象キャラクター達とふれあいながら、学園生活を通して愛や苦悩、自分の中にある激情を知っていく——

**前世の央が愛した**
**18禁BLゲーム。**
**『BLゲームを**
**やりたいならこれから!』**
**というような、**
**入門編的な存在。**

## 攻略対象達

### ▶青桐夏緋（あおぎりなつひ）

2年生。183cm。
スタイリッシュ系クールイケメン。
夏希の弟。

### ▶青桐夏希（あおぎりなつき）

3年生。185cm。
ワイルド系イケメンな俺様生徒会長。

### ▶柊 冬眞（ひいらぎ とうま）

用務員。187cm。
ダサい格好をしていたが、その正体はフェロモン系で美形。

### ▶楓 秋人（かえで あきと）

1年生。165cm。
可愛い小悪魔系。
ゲームでは唯一の受けキャラ。

### ▶櫻井 雛（さくらい ひな） HINA SAKURAI

1年生。160cm。
春樹の妹で、央の幼なじみ。正統派美少女。

### ▶野兎愛美（のうさまなみ） MANAMI NOUSA

1年生。165cm。
あだ名は「白兎（しろうさ）さん」。
ガタイが良く、逞しい女子。

### ▶天地 真（あまち まこと）

3年生。180cm。
央の兄。ゲームの主人公。

### ▶櫻井春樹（さくらい はるき）

3年生。185cm。
真の幼なじみで、恋人。スポーツ系イケメン。

『ＢＬはなるものじゃない、見るものだ！』

これは前世が腐女子、転生して『ＢＬゲームの主人公の弟』になった僕——天地央の信条である。どんなことがあっても、揺るぎないものだと思っていたのだが……。

なんと、僕は『続編の主人公』であることが判明した。

僕は兄達のイチャイチャを目撃したショックで前世を思い出すまで、ＢＬなんて全く知らない健全な男子で、恋愛対象は女の子だった。

記憶を思い出した今も、それは変わらない。でも、続編の主人公である僕には、ＢＬになる運命が待っているという……。

「はあ……」

どうしたものかなあ、と大きな溜息をついた。

「おい」

「！」

物思いにふけってしまっていたが、隣にいる夏緋先輩に声をかけられてハッとした。

今日も僕は生徒会室に呼び出されていたのだった。

「しけたツラしてどうした？　お前、また厄介なことに巻き込まれてないだろうな」

「あ、はい。大丈夫です」

青桐夏緋。生徒会長の弟で、続編で追加されたという攻略対象キャラクターだ。

以前、ゲームのストーリー通りに、兄の信者だったメガネの男子生徒に襲われたのだが、真っ先に助けに来てくれたのが夏緋先輩だった。

その説は本当にお世話になりました。あなたのおかげで清い身体でいられます。

「央、消したい奴がいるなら、遠慮なく俺に言え」

いつも通りにふんぞり返って座っている会長もそう声をかけてくれたが、サラッと告げられた内容が恐ろしい。人一人消すくらい、本当にできそうなんだよなあ。

青桐夏希。攻略対象キャラクターの一人だが、兄が『春』の攻略対象キャラクターである櫻井春樹と付き合ったことで失恋した。だが、今でも兄を諦めていないので、僕はこうして生徒会室に呼び出されて協力を要請されているのだ。

変態メガネに襲われた時、会長も駆けつけてくれた。

楓と柊も助けに来てくれたし、深雪君も近くまで来ていたことがわかった。

同じ転生者であり、僕が知らない続編の詳細を知っている白兎さんが言うには、変態メガネに襲われるのは、好感度が高い攻略対象キャラクターが助けに来るイベントだったらしい。でも、本来助けに来るのは『一人だけ』なのだそうだ。

ゲームではありえないことが起こっている——。

……ということは、『BLゲームの主人公』という運命から逃れられる道があるかも！

ゲームでは誰とも付き合わずに終わる、いわゆる『友情エンド』もありそうだし、会長だってまだ兄を想い続けているから、なんとかなりそうだ。

僕は自らBLをしないで済む道を進むぞ！　BLは見るもの！

改めてそう決心をすると気持ちも楽になったから、ちゃんと会長の相手をしよう。

「それで、今日は何の用でしたっけ？」

「お前な……。お前じゃなかったらぶっ飛ばしていたぞ。真の情報、だ。早く寄越せ」

「えー？　何ですかー？」

「やっぱりぶっ飛ばされたいのか？」

耳に手を当てて聞こえないフリをしたら、会長が真顔になった。

本当にぶっ飛ばされる前に、ふざけるのはやめよう。でも、情報を渡しても、兄と春兄は相変わらずラブラブだから、会長が入る余地はないんだけどなあ。

「いい加減諦めろよ、兄貴」

夏緋先輩が溜息をついている。長い足を組んでいる姿は絵になるな……。

変態メガネに襲われた時、夏緋先輩が最初に来てくれたから、現在僕の好感度が一番高い攻略対象キャラクターは夏緋先輩、という状態らしい。

こんなにかっこいい人がモブキャラじゃなかったことには納得(なっとく)だが……。僕はＢＬにならないので、『仲がいい先輩と後輩(こうはい)』くらいでよろしくお願いします。………あ。

「夏緋先輩、椅子(いす)の下にゴキ――」

「………っ⁉」

言い終わる前に、夏緋先輩は僕の背後に瞬間(しゅんかん)移動していた。

「おい、始末しろ！」

「何を？」

「ゴキ……ああ、口にするのも嫌(いや)だ！」

下を向き、『それ』を見た会長がニヤリと笑った。

「俺がやってやるよ」

「………」

夏緋先輩が絶望した顔で会長を見ている。

会長は椅子から立ち上がってそれを拾うと、ひょいと夏緋先輩に投げた。

「受け取れ！」

「………っ⁉」

夏緋先輩が声にならない悲鳴を上げながら、大きく横に逸(そ)れて回避(かいひ)した。

僕は会長に投げられて床にコロコロと転がった可哀想な『ペン』を拾う。

「会長、何しているんですか。物は大事にしないと、兄ちゃんに叱られますよ」

「……ペン？」

夏緋先輩が怪訝な顔をしているので、拾ったペンの『GOKIGEN FROG』という文字を見せてあげる。

「はい。ゴキゲンなペンです！ イッタアアアアッ！」

突然僕の脳天に衝撃が走った。夏緋先輩の怒りの拳が落ちてきたのだ。

「ゴキゲンなペンってなんだ？ あ？ ペンがスキップでもしてるのかよ、ああっ⁉ 兄貴もわかっていてやっただろ！」

怒鳴る夏緋先輩を見て会長が「ハハッ」と楽しそうに笑っている。

「勝手に勘違いしてビビったのはお前だろう？ 虫だと思ってあんなに焦って……央、ダサいと思わないか？」

「ペンも夏緋先輩も可哀想です」

痛む頭を押さえながら夏緋先輩陣営に回る。弟をからかうなんて悪いお兄ちゃんだ。

「元はお前がまぎらわしい言い方をするからだ」

「え、味方をしたのに酷い」

兄対弟の構図だと思って援護したのに、夏緋先輩に叱られた。

ここに味方はいなかった……。もう帰っていいかな？

夏緋先輩は拗ねたのか仏頂面をしているが、僕だって拗ねたぞ。……まだ頭が痛いし。

「ふざけるのはもういい。そろそろまじめに話せ」

空気を読まずに、会長がマイペースに仕切る。いつもより一層協力する気にならない。

「兄ちゃんはすぐに心変わりするような人間じゃないので諦めてください。相手の幸せを思って身を引くのも『愛』ですよ」

「馬鹿を言うな。身を引いてどうする。真は俺が幸せにする」

「んんっ！」

俺様攻めのイケメンな台詞を食らって、萌えのあまり応援しそうになったが、兄の幸せを壊すわけにはいかない。

「だったら、根気強くアピールするしかないんじゃないですか？……多分無理ですけど」

「何か助言を寄越せ」

「お断りします」

兄のことは早く諦めて、素敵な受けと結ばれてくれたらいいのだが……。

「じゃあ、真のことはいいから、お前の話を聞かせろ」

「はい？ 僕の話、ですか？」

「……おい、兄貴、どうしてこいつに興味を持つんだ？」

首を傾げていたら、夏緋先輩が隣の席に戻ってきた。

「こいつのことも気になるからな。お前は関係ないだろ？」

会長の言葉に、夏緋先輩が顔を顰める。さっきからかわれたことも影響しているのか、ケンカが始まりそうな気配がしてきたが……何にしても、僕は答えませんよ？

「僕のプライベートなことは、個人情報保護の観点からお答えできません」

手でバツを作ってそう言うと、今度は会長が顔を顰めた。

「お前にプライベートなんてないだろ」

「ありますけど⁉　ねえ⁉」

夏緋先輩に同意を求めたが、「フッ」と鼻で笑われてしまった。え、ないの⁉

兄弟揃って僕のことを公共物とでも思っているのか？

絶対に『僕の話』なんてしないからな！

まったく……。会長は、僕を味方に取り込んで、外堀から埋めるつもりか？

この生徒会室放課後イベントは、いつまで続くのだろう。

生徒会室を抜け出して青桐兄弟と別れ、帰宅するため一人で昇降口を目指す。

圧の強いイケメン達と対峙したからか、とても疲れてしまった。早く家に帰って休もう。

そんなことを考えながら進んで行くと、廊下の先にたくさんの生徒がいた。

どこかの部活の生徒が集まっているようで、廊下を塞いでしまっている。

「……迂回していくか」

通れないこともないが、無理やり通ることもない。迂回してもそれほど遠くなるわけじゃないし……。そう思って普段はあまり通らない廊下に向かった。

「こっちはシーンとしているなあ」

実習室や空き教室ばかりだから、人の気配は全くない。静かで気が緩み、あくびをしながら歩いていると、突然空き教室の扉が開いた。

「…………っ!?　柊さん!?」

中にいたのは、スーツ姿の国宝級イケメン——柊冬眞。

この学園の用務員で、兄に失恋した攻略対象キャラクターの一人だ。

「急に何!?　……うわっ」

驚いている間に、空き教室の中に引きずり込まれ、気づけば後ろから抱きつかれていた。

すっぽりと腕の中におさめられ、体格差を感じてしまう。

「央がこっちに来るのが見えたから、びっくりさせようと思って待っていたんだ」

「そんなサプライズいらないです！　っていうか、離れてください！」

がっちりとホールドしてくる腕を叩いて抗議する。

耳元でそのイイ声が聞こえると、ゾワッとするからやめてくれ！

顎クイを調べたり、サービス精神旺盛なのは素晴らしいけれど、僕には刺激が強すぎる。

壁になって、誰かにしているところを見ていたい。

それにしても、空き教室に連れ込まれるなんて、学園BLあるあるじゃないか。

『やっぱり楓あたりにしているところを見たいな』なんて悠長に考えていたが、もしかしてこれ、ゲームのストーリーではイベントだったりする……？

「央、最近はただのお友達君以外とも、仲良くしているみたいだね。イケナイ子だ」

「だから離して……！」

焦りだした僕に構わず、柊が抱きしめる力を強めた。

「変な生徒にも捕まったり……。俺は心配で仕方ないよ」

「その節はご心配をおかけしてすみませんでした……って、もう耳元で話すなー！」

「卒業するまで待っていようと思っていたけど、我慢できなくなるよ？」

「我慢って何……あ、いや、言わなくていい！」

すぐにいかがわしいことだと予想できたので、慌てて止めた。

「さっきまでどこにいたの？」

「ノーコメントです」

「そう言われると、言わせたくなるなあ」

　そんな台詞と共に、後ろから顎を摑まれた。わあ、以前学んだ顎クイの応用もばっちりですね！　なんて思っている場合じゃない。なんとか逃げなければ……！

「ああっ！　兄ちゃんだあ！」

「！」

　嘘なのだが、窓の方を指差しながらそう叫ぶと、柊に隙ができた。今だ！

　柊の身体を押して抜け出し、空き教室を飛び出した。

「央！」

　呼び止める柊の声が聞こえたが、振り返らずにダッシュで逃げた。

　今日だけは廊下を走ることを許してください。

「ふう……危なかった……」

　柊から無事逃げ切った僕は、校舎を出ると真っ直ぐに帰宅した。

　青桐兄弟からの柊、という濃すぎるコンボを食らってとても疲れた。

　なんだか身体が重いし、眠くて仕方がない。

　リビングに直行してソファに雪崩れ込む。このまま寝てしまったら、「制服に皺がつく」と兄に叱られるだろう。そんなことを考えながら意識はゆっくりと沈んでいった。

『……きら……央、大丈夫？』

すぐ近くで、誰かが僕を呼んでいる。ゆっくり目を開けると、目の前に幼い頃の僕に似た美少年がいた。

小学校低学年くらいだが、一目で利発な子どもだとわかる凛々しさがある。

絶対に僕ではない……小さい頃の兄だ。そうか、これは夢だ。

『おかゆ、作ったよ』

小さくても麗しい兄が持つお盆の上には、お粥が載せられていた。

『さけの？』

『ごめん。鮭はなかったからたまごで我慢して』

申し訳なさそうな顔の兄からお椀を受け取り、小さな僕はお粥を口に運んだ。

『ん？　なんか……あまい？』

『え、あまい⁉』

驚いた兄は僕からスプーンを奪い、確かめるように口に運んだ。

『ほんとだ……ごめん。塩を少し入れたつもりだったんだけど……間違ったみたい』

『でも、おいしいよ？』

そう言うと止めていた手を再開させ、食べ始めた。

順調にパクパクと食べているのだが、兄は不安げに見守っている。

結局、僕は完食し、兄も空になったお椀を見て安心したようだ。

……思い出した。これは昔の記憶だ。完全無欠な兄にも、こんな失敗があったなあ。

『よかった。熱、下がってきたね』

兄の小さな手が、僕の額に当てられた。兄の手は落ち着くし……安心する。

そう思っていたら、その感触が大きくなってきた。

「兄ちゃん……？」

「悪い、起こしてしまったか」

覚醒して目を開けると、蒼い瞳の凛々しくて端正な顔があった。

兄ではなく、ダーリンの方だった。

「春兄？　……あれ、兄ちゃんは？」

「近所の奥様方に捕まってな。俺は先に逃げてきた」

なるほど、さすが兄ちゃん。幅広い層で大人気だ。

「央。お前、ちょっと熱くないか？　熱があるだろ」

「え、そう？」

それでさっき、おでこをペタペタ触っていたのか。……確かに、頭がぼーっとする。

「風邪でも引いたんじゃないのか？」

今度は手ではなく、春兄の頭が近づいてきた。何をする気だと驚いているうちに、春兄

の額が僕の額に当てられた。顔が近い‼

こういうことは、兄にだけやってほしいものだ。照れてしまっているのか、熱のせいかはわからないがすごく顔が熱い。

涙腺まで緩んできたし、起き上がりたいのに力が入らない……。

「春兄、引っ張って起こしてー」

「……ったく、ガキか」

春兄のバスケで鍛えられた逞しい腕に引っ張られ、勢いよく起き上がった。

「う……痛っ……」

もう少し、加減というものをしてくれないと！　抗議の視線を向けると目が合った。

「…………っ！」

春兄が目を見開いた。何？　と気になったが、それよりも……。

「力が強すぎて痛かったんですけど」

「だったら自分で起きろ。もういいから……部屋で寝ろ」

「……そうする」

もうすぐ兄も来るだろう。二人の時間の邪魔をするのも悪いし、大人しく部屋で寝ることにする。重い身体に鞭を打って、とぼとぼ歩きだした。

「……危ねえ。あの顔は反則だろ」

「うん？」

「なんでもない。早く行け！」

「なぜキレたし……理不尽……」

春兄に叱られつつリビングを出た。

「あれ？」

玄関に買い物袋が置かれているが、兄の姿はない。トイレにでも行っているのかな？

気になりつつも自分の部屋に行き、そのままベッドに倒れ込んだ。

「……うーん…………ん？」

目を覚ますと、窓の外の景色は暗闇に染まっていた。時計を見たら、春兄と話した頃から四時間ほど経っている。熱が上がってきたようでさっきよりも一層関節が痛い。

項垂れているとドアが開き、ひょこっと兄が顔を見せた。我が兄ながら最高に可愛い。

「起きたみたいだね。風邪、大丈夫？」

「大丈夫……じゃないかも」

素直に答えると、兄が困ったように笑った。

「そうみたいだね。熱、測ってみようか」

兄から体温計を受け取り、早速熱を測った。

「わあ……三十八度超えてる。明日は学校を休んで病院だな」

「はーい」

「じゃあ、お粥作ってくるから」

「お腹減ってない……」

「無理はしなくていいけど、薬を飲む前に少しは食べておいた方がいいよ？」

「んじゃ……鮭がいい」

「残念ながら、鮭はないな。卵で我慢して」

この台詞……さっき見た夢とほとんど同じだ。

「……砂糖と塩、間違えないでね」

そう言うと兄はきょとんとしたが、少しすると思い出したようで微笑んだ。

「あー……そんなことがあったなあ。覚えていたんだ？」

「さっき夢で見て思い出した」

「へえ。懐かしいなあ」

そう言って僕のおでこに手を置いた。やっぱり春兄より兄の手の方が落ち着く……。

「そういえば、春兄は？　もう帰った？」

「……………」

質問をした瞬間、兄の表情が少し硬くなった。

「兄ちゃん？」

「……帰ったよ。春樹が気になる？」

「うん？　気になるっていうか……まだいるのかな、って思っただけ」

「……そうか。お粥、作ってくるよ」

兄はそう言うと、僕の部屋を出て行った。少し様子がおかしい気がしたが……。

持ってきてくれたお粥は美味しかったし、いつも通りの優しい笑顔だった。

朝起きると熱は少し下がっていたが、学校を休んで病院に行くことにした。

楓と雛には、昨夜のうちに休むと連絡したが、心配してわざわざ顔を出してくれた。

楓秋人は僕のクラスメイトで、兄に失恋した攻略対象キャラクター。

櫻井雛は、春兄の妹で僕の幼なじみだ。

お手製のフルーツゼリーを持って来てくれた楓を見て、雛が悔しそうにしていた。

それから僕は、家から一番近い総合病院に行き、予想通りの『風邪』という診断を受け、隣接している薬局に処方箋を出して薬をもらい、すぐに帰宅。

兄が用意してくれていた昼食を食べて薬を飲むと、一眠りすることにした。

「……………う？」

しばらく気持ちよく眠っていたが、スマホの着信音で目が覚めた。

通知に表示されている名前は春兄だった。あくびをしながら通話ボタンを押す。

『もしもし、央？　風邪は大丈夫か？』

「うん。薬を飲んで寝たら楽になったから、もう平気」

『様子を見に行きたいけど、真に止められてさ。寝かせておくから邪魔するなって』

体調も大分よくなってきたし、退屈だったから来てほしかった。

……というか、僕を気にせず兄の部屋でイチャイチャすればいいのに。

『なあ、話は変わるが……真の機嫌が悪いんだけど、なんか知らないか？』

「ええっ⁉」

いつも穏やかな兄が、機嫌を悪くしているなんて滅多にない。何があったんだ？

「朝はいつも通りだったし、僕はわからないよ？　春兄が何か、兄ちゃんを怒らせるようなことしたんじゃない？」

例えば無理なプレイを強いたとか……。僕にはそれしか思い浮かばない。

『俺も心当たりがないんだけどなあ』

「じゃあ、ストレートに訊いてみれば？」

『訊いたけど……流されて終わりだ』

「じゃあ、本当に何もないんじゃない？」

『いや、多分何かはある』

　ブラコンを自負する僕としては、兄のことで負けたくないが、旦那様が言うのならそうなのだろう。でも、本当に心当たりが全くない。

「原因がわからないなら、機嫌がよくなるようなことをしたら？」

『なるほど、そういう手段もあるか。真の機嫌がよくなることって何だ？』

　愛を囁いてやればいい。または、あそこを労って円座クッションをプレゼントするとか。

　……なんてことは口には出せないので、「自分で考えなよ」と伝えた。

『冷たいな。助けてくれよ』

「知らない。僕、病人だし。おやすみー」

『待て、央！　助けてくれよ』

「もう……。兄ちゃんの様子は見ておくよ」

『ああ、頼む。何かわかったら教えてくれ』

　了承を伝えると、『まだ大人しくしておけよ？』と注意を受け、電話は終わった。

　一息ついた後、一階に下りて水を飲んでいると、インターホンが鳴った。

兄が帰ってくるには早いし、楓か雛あたりが来たのだろうか。

一応マスクをつけて、玄関のドアを開けたら、意外な人が立っていた。

「やあ、央。お見舞いに来たよ」

「柊さん？」

どうしてここに？　家は兄に聞いたのだろうか。お見舞い、って……どうして僕が風邪を引いたことを知っているんだ？

とにかく、柊を天地家に入れるわけにはいかない！

「ありがとうございます。さようなら」

「部屋着の央も、風邪で弱っている央も可愛いね」

「……あの、帰ってもらえます？」

会話が成り立たない！　話が通じないから、もうドアを閉めてもいいだろうか。

「さっぱりしたものがいいと思って、アイスを買ってきたんだ」

柊はそう言って綺麗な紙袋を僕に差し出した。中を覗くと箱が見える。

高そうなアイスだなあ、と思いながら受け取ったのだが……なぜか手を離してくれない。

「あの？」

「一緒に食べよう」

「え……？」

紙袋を一緒に掴んだまま僕は固まったが、柊はニコニコしている。

もしかして、このアイスは家に入るための手段ですか？　策士！

いらないと突き返すのも悪いし、もらっておいて帰れ！　というのも失礼だよなあ。

「はあ……。上がりますか？　僕、病人なので、変なことはしないでくださいよ？」

「ありがとう。わかってる」

嬉しそうな柊をリビングに招く。ソファに座ってもらうと、早速アイスを取り出した。

カップの美味しそうなミルクアイスだったが、柊とアイスの組み合わせはＢＬゲームの世界としては意味深……しかもミルク……と思ったが、気にしないことにした。

「どうぞ」

「俺はいいよ」

「はい？　じゃあ、なんで一緒に食べようって……」

「俺が央に食べさせてあげようと思って」

「………。結構です！　帰れ！」

碌なことにならない未来しか見えないし、食べさせられるなんて恥ずかしい！

「俺からアイスを食べるのが恥ずかしいなら、寝かしつけてあげるよ」

「なっ……！　変なことしないって言いましたよね⁉　嘘つき！　さようなー―」

「昨日、抱きしめた時に、少し体が熱かったような気がして心配だったんだ」

「えっ」

追い出そうとしているところを、遮られてしまったが……。

柊の表情と声色から、本当に僕を心配しているというのが伝わってきた。

昨日、あの瞬間に体調まで把握されていたのかと思うと、若干怖さもあるが、心配してくれたことは、純粋に嬉しい。ただの変態扱いしてしまってごめん。

「えっと、薬を飲んだので今は大丈夫です。気遣ってくれて、ありがとうございます」

追い出そうと思ったけれど、もう少し我慢してやるか。少し照れながらお礼を伝えた。

「可愛い」

「？」

柊が何か呟いたが、僕の本能が追及するなと言っているのでスルーした。

改めてアイスを食べようかと思ったら……僕の身体が浮いた。

柊が僕を横にして抱き上げたのだ。いわゆる、お姫様だっこ、である。

「……何をしているんですか？」

「やっぱり、寝かせてあげようと思って。それに、うつしたら治るっていうし、央が元気になるように手伝おうか？」

……やっぱり、顔がイイただの変態だったか？

「下ろしてください。そして、すみやかにお帰りください」

玄関はあっち！　と指差して促す。

「まだ帰れないなあ。央を元気にしないと」

「もう帰ってください‼」

強気に言うと、柊は「困ったな」という顔をした。困っているのはこっちだから！

「じゃあ、俺のことを好きだと言って？　それを聞いたら帰るよ」

目で「何を言っているんだ、お前」と訴える。でも、柊は妖しく笑うだけで、全く引く気配がない。こいつを追い出すには、どうすればいいんだ⁉

「うん？」

パニックを起こしていると、柊が不思議そうな顔をした。なんだ？

「もしかしたら、真が帰ってきたかも」

「え！　早く帰ってよ！」

柊を家に入れたのを知られたら、なんと言われるか……！

「言ってくれたら帰るさ。ほら、早くしないと、真に見つかっちゃうよ？」

こうなったら、満足させて早く帰ってもらうしかない！

「ああ、もう！　『柊さんが……好きです！』」

投げやりにそう言うと、柊は驚いた顔をした後、とても満足そうに微笑んだ。

「俺もだよ」

綺麗な顔でそう言われてドキッとしたが……僕は言わされただけだからな！　言ったんだから帰れ！　と柊を追い出し、アイスを冷蔵庫に隠し、兄を待ったが……。

「あれ？　帰ってこない……。もしかして、僕を焦らせるために言ったのか⁉」

終始柊に踊らされた気がする……クソッ！　風邪が悪化しそうなのですが！

「ただいま。起きていていいのか？」

柊が帰ってしばらくすると、兄が帰ってきた。

「うん。大丈夫……」

春兄が言っていたことを思い出し、兄を観察してみたが……気になるところはない。

やっぱり勘違いじゃないだろうか。気にせずイチャイチャしてほしいものだ。

「春兄が来ても大丈夫だったのに」

そう言うと、二階に向かっていた兄の足が止まった。

「……そう。来てほしかったんだ？」

「もう、ほとんど治ったからね」

僕は自分の部屋に戻って聞き耳をたてるから、どんどん連れてきて励んでください。

そんなことを考えている間に、兄は自分の部屋に行ったようで姿を消していた。

いつもはすぐに下りてくるから待っていたのだが、一向に現れない。

僕に風邪をうつされたくないからだろうか。

少し悲しくなったが、次第に眠くなってきたので、僕も自分の部屋に戻ったのだった。

翌朝。ほぼ一日寝て過ごし、熱は完全に下がった。倦怠感は少し残っているが、これくらいなら特に問題はない。一応、今日もマスクはつけておこう。

ちなみに、迎えに来てくれた楓と雛による謎の勝負は今日も行われた。

雛も負けじとコーヒーゼリーを作ってきたのだが、王者の楓は「食欲が少し出てきただろうから」と、かやくごはんのおにぎりを作ってきていた。ごめん雛、楓の勝利だ。

悔しそうな雛が再挑戦すると言っていたが、僕がメタボになるのでやめてほしい。

賑やかな楓と雛の攻防を聞きながら登校。昇降口で雛と別れ、楓と教室に向かう。

「ん？　なあ、楓。今日って何かあった？」

廊下にいる女子達が、妙にソワソワしている。

「……あれが原因みたいだね」

楓の視線を追うと、壁に凭れ腕を組んでいる赤髪のイケメンが立っていた。なるほど。

「──来たな。遅いぞ。もっと余裕を持って来い」

「会長、おはようございます。まだ時間はありますよ？」

声をかけてきた会長に近づいていくと、楓が僕のブレザーの裾を引っ張った。

何？　と振り返ると、僕と会長が話すのが不服なのか、むすっとしていた。

「央、話がある。少し顔を貸せ」

「え、今ですか？　もうすぐHR始まっちゃいますけど……」

「わかっている。それほど時間は取らない」

楓が更に不満な顔をしたが、会長に逆らえるわけがない。

すでに会長は歩きだしているし、楓には「すぐに戻るから」と伝えて後を追った。

生徒会室に行っている時間はないので、人がいない階段脇で話をするようだ。

「お前の周りには、見覚えのある奴が多いな」

会長が顔を顰めて呟く。今いた楓……そして、柊のことだろうか。

「……まあ、いい。話というのは、次の休日に真と出掛ける約束をした」

「え！　デートの約束ってことですか⁉」

びっくりして、つい大きな声を出してしまった。

「静かにしろ。まあ、そうだな。お前を頼るより、直接本人と話そうと思ってな。学校だと時間が限られるから、休みの日にでも……と誘ったら了承を得た」

会長の誘いを受けるなんて、兄の心境に変化があったのかもしれない。

ありえないとは思うけれど、会長の想いが届く……？

「あれ、嬉しくないんですか？」

デートの約束を取りつけたにしては、会長は落ち着いている様子だ。

「……嬉しい、に決まっているだろ」

「でも、そんなに嬉しそうには見えないですよ？」

「………。そんなことより、お前は……俺と真が出掛けることをどう思う？」

「僕、ですか？　それは……ちょっと嫌ですけど……」

「どうして嫌なんだ？」

「兄達をそっとしておいてほしいからです」

「それだけか？」

「？　はい……って、なんで怒るんですか！」

返答が不満だったのか、僕を見る会長の目が怖い！

「気に入らないからだ。まあ、それについては、今はいいとして……真とあの馬鹿の間に何かあったのか？」

「え？　ないと思いますよ。……多分」

そうは言ったものの、春兄は異変を感じているし、何かあったのかもしれない。

会長も兄から何か感じ取っているのだろうか。

「あの馬鹿、わざわざお前にも近づくなと言いに来やがった」

会長が魔王のようなオーラを放っている。春兄、会長を刺激しないでくれ！

こっそり逃げようかなと思っていると、HR開始のチャイムが鳴った。助かった！

「もう時間か。……戻るか。これからはもう少し早く来い。こうして俺が会いに来ることもあるからな」

「えー……めんどく——は、はい。わかりました」

拒否しようとした瞬間に魔王に睨まれ、身の危険を感じたので大人しく頷いた。それを見ると、会長は納得した様子で戻って行った。よかった、魔王の襲来を乗り切った！

そして魔王よ、ごめんなさい。頷いたけど早くは来ないです。

それにしても、兄と会長がデートだなんて……。

言い様のない不安に襲われた僕は、教室には戻らずスマホを取り出し、電話をかけた。

HRが始まったし出ないかもしれないが、できればすぐに話したい。

しばらくするとコール音が止まった。どうやら繋がったようだ。

『お前、出られるような時間じゃ……』

「アニキ！　あの、朝から会長が来まして、事件が……！」

『事件？　兄貴がお前のところに行ったのか？　それでお前は今、どこにいるんだ？』

一年の教室近くの階段脇だと伝えると、夏緋先輩は『生徒会室で待っていろ』と言って電話を切った。電話だけでよかったのだが、会ってくれるらしい。

ここにいると先生に見つかりそうなので、生徒会室に移動する。

待っていると、すぐに夏緋先輩がやってきたので状況を話した。

「どういうことだ？　本当に兄貴から誘ったのか？　誘いを受けたということは、お前の兄のところは別れたのか？」

「会長が誘ったのは確かです！　兄ちゃん達は絶対に別れてないですっ！　絶対にっ！」

僕は「ありえない！」と全力で否定した。

「なんでお前がそんなに必死なんだよ……。とにかく、兄貴の動向もわからないし、暴走しないように見張っておくくらいしかできないか」

「おお……冷静……」

大変だあ、アニキに電話しよう！　となった僕とは大違いだ。さすが頼りになる。

「お前は……兄貴がお前の兄を誘ったと聞いてどう思った？」

「どうって……。っていうか、会長にも同じようなことを訊かれましたけど」

兄弟だから思考回路が似ているのかなと思っていると、夏緋先輩が顔を顰めた。

「兄貴が同じことを？　お前はなんと答えたんだ？」

「兄達のことはそっとしておいてほしいな、って。それだけか？　って聞かれたから、頷いたらなぜかキレられましたけど」

「…………。絶対面倒なことになっているだろ……」

何かをぽつりと呟いた夏緋先輩の顔が、どんどん険しくなっていく。

なんで⁉ 兄弟揃って謎の不機嫌はやめてほしいのですが！

「とにかく、お前は今まで通りのほほんと……いや、駄目だ。どこにいても気を抜くな」

「僕は賞金首にでもなったのでしょうか？」

『今まで通りのほほん』にも悪意がある気がするが、どうして気を抜いちゃ駄目なんだ？

「はっ！ 賞金首か……そうかもな」

「え？ 冗談ですよね？」

「オレが近くにいる間くらいは、気を抜いていいが……兄貴にも油断するなよ」

「会長にも？」

「もうすぐＨＲが終わる。そろそろ戻るぞ」

疑問に全く答えてもらっていないのだが、夏緋先輩は構わず出て行った。

夏緋先輩と話して、会長が兄とデートする件については落ち着けたが、新たなモヤモヤが生まれてしまった。

……校内に僕の指名手配ポスターとか貼ってないよな？

　放課後は会長から呼び出しがなかったので、家に帰ってゴロゴロしていると、また春兄から電話が入った。すぐに取ると、いつもより沈んだ声が聞こえてきた。

『央。やっぱり真が冷たいんだ。家にも来るなって言うし……本当に心当たりはないか？』

「ええええ!?」

　春兄が家に来ない!?　そんな……二人が励む場所はどうするの!?

　僕の大事な栄養源がなくなってしまう！

『お前からもさりげなく訊いてくれないか？』

「僕から？　訊いても答えてくれるかな……」

『頼む』

　春兄からこんなに真剣(しんけん)に何かをお願いされたのは初めてだ。

　二人の幸せのためだし、僕にできることがあれば力になろう。

「わかった。上手(うま)く訊けるかわからないけど……やってみる」

『悪いな。助かる』

　安心したような春兄の声を聞いてから、僕は電話を切った。

「なんて訊こう」

　何気ない会話の中で切り出せたらいいが、上手くやれる自信がない。

何も考えずに素直に訊くのが一番かもしれない。そう思い、心の準備をした。

日が落ち始め、窓の外が暗くなってきた。お腹の空き具合も、夕飯時であることを訴えている。そろそろ兄が帰ってくる頃だと思っていると、玄関のドアが開く音がした。

少し待っていると、買い物袋を手に提げた兄がリビングに入ってきた。

「ただいま」

「おかえり」を言いながら、兄の顔色を窺う。機嫌が悪そうには見えないが……。

やっぱり春兄の勘違いじゃないだろうか。とにかく、一度確認してみよう。

台所のテーブルに荷物を置き、冷蔵庫に食材を片付けている兄に話しかけた。

「ねえ、兄ちゃん？」

「うん？」

「もしかして……春兄とケンカ、とかしてる？」

春兄の名前を出した瞬間、兄の動きが止まった。

顔を見ると無表情で、明らかに兄の纏っている空気が変わっている。

「…………っ！」

その変化を目にして心臓が大きく波打った。

まずい、これは……これは『駄目な時』の顔だ。春兄の勘は正しかった。

「春樹が何か言っていた？」

「そ、そういうわけじゃないけど……」

滅多にない兄の怒りに触れてしまい、心臓がキュッと苦しくなった。余計に怒らせるようなことは絶対にしたくないが、春兄に頼まれたから頑張らないと……。

「何かあったの？　二人には仲良くしていてほしいなあって……」

兄の眉間の皺が更に深くなる。あー……まずい……。

「央には関係ない」

言い放たれた言葉はとても冷たかった。兄に拒絶されたようで、一層胸が苦しくなる。でも、まだ兄の機嫌が悪い原因がわからないし、早くいつもの二人に戻ってほしいから、簡単に引き下がるわけにはいかない。

「……ごめん。で、でもっ」

「関係ないって言っているだろ。央は口を挟んでこなくていい！」

「…………っ！」

兄の怒気を孕んだ強い口調に、思わず身体が強張る。『兄』というだけではなく、母でもあり父でもあり、誰よりも大好きで尊敬する人に冷たくされ、高校生にもなって情けないが泣きそうになってしまった。

「ごめん、なさい……」

肩を落として俯く。ごめん春兄、これ以上この話をするのは無理だ。泣きそうだし、部屋に戻って落ち着こう。そう思っていたら——。

「真」

リビングの扉が開き、春兄がリビングに現れた。眉間に皺を寄せ、怖い顔をしている。

「……悪い。勝手に上がらせてもらった」

すれ違いざまに僕の頭にポンと手を乗せてから、春兄は兄の前に立った。

「真、今の言い方はないんじゃないか？」

「……勝手に入ってくるな」

兄と春兄は、険しい顔で睨み合っている。こんな二人を見るのは初めてだ。僕はオロオロすることしかできない。

「央は、俺やお前のことを心配して言ってくれているんだぞ」

「お前が言わせたんじゃないのか？」

兄は鼻を鳴らして、春兄に背を向けた。兄ちゃんがこんな悪態をつくなんて……。

「何をしに来たのか知らないけど、早く帰れよ」

「お前……何にそんなに苛々しているんだよ」

「うるさい。オレのことは放っておいてくれ。二人で仲良くやってればいいじゃないか」

「はあ？　何を言っているんだ。大体、最近のお前の態度は何なんだよ！　言いたいことがあるならはっきり——」

「うるさいって言っているだろ！」

兄の怒声に、僕は思わずぎゅっと目を瞑った。二人の間には沈黙が流れる。

「……はあ。お前、ちょっと頭冷やせ。央、行くぞ。…………央？」

僕は二人のやりとりを最後まで聞かず、自分の部屋に向かっていた。

辛くて聞いていられなかった……。

部屋に着くとすぐに鍵を閉め、急いでスマホを取り出す。操作をしていると——。

「あ」

ちょうどかかってきた電話を取ってしまった。

誰だ？　と思っていると、スマホから馴染みのあるイケメンボイスが聞こえてきた。

『天地？』

「夏緋先輩！」

『朝のことがあったから、お前の様子が気になったんだが……何かあったのか？』

声で僕の状態を察してくれたのか、夏緋先輩の声が優しい。

それが泣かないように我慢している涙腺を刺激してくる。

「僕、泣きそうです」

『……オレには、すでに泣いているように聞こえるがな』

「気のせいです」

鼻をすすりながら返事をする。まだ目から零れていないからセーフだ。

『話せることは全部話してみろ』

無理には聞き出さない優しさが沁みる。普段はあんなに氷のオーラを放っているのに、こんな時には優しいなんて恐ろしいイケメン力だ。

夏緋先輩の潜在能力に脱帽しつつ、僕はさっき起こった出来事を伝えた。

感情が高ぶっているせいか、上手くまとめて話せなかったが、夏緋先輩は短い相槌を打ちながら聞いてくれた。

『話を聞いていてわかったことは……』

「え！　何かわかったんですか⁉」

『ああ、お前が引くぐらいブラコンだということがな』

「夏緋先輩だってブラコンじゃないですか！」

『オレとお前を一緒にするな！』

「ずっと会長の心配をしているし、会長の言うことは大人しく聞くじゃないですか」

『そんなことはない』

夏緋先輩は即答したが、僕は過去の記憶から反抗する夏緋先輩を検索する。該当なし！

「でも、僕は夏緋先輩が本気で会長に反発しているのを、見たことがないですけど？」

『お前が気づかないところでやってんだよ。そんなことより、お前の兄についての問題だ』

「！　はい……」

そうだ、今の僕の最重要課題は『兄について』だ。

『お前の兄にとって、二人の関係は、誰にも口を出してほしくないことなのかもな。お前は心配かもしれないが、相手に任せて静かに見守った方がいいんじゃないか』

「！　なるほど……」

春兄に頼まれたこともあり、僕がなんとかしなければと思っていたけれど、余計なお世話だったのかもしれない。兄にもさっき、「口を挟むな」って言われたし……。

「そう、ですね。春兄に任せて、僕は大人しく見守ります」

『そうしろ。また何かあったら、話を聞いてやるから』

「はい！　やっぱり、持つべきものはブラコンのアニキですね」

夏緋先輩と話したおかげで、本当に心が楽になった。

『お前と一緒にするなと言っているだろ！　まったく……まあ、お前はそれぐらい無駄に元気なのがちょうどいい』

「無駄に、が余計です」

なんて抗議を入れたが、夏緋先輩のツンは優しさでできていることがわかったから許してあげよう。

『……ああ、そうだ。兄貴の方だが、今のところはおかしな様子はないな。だから、お前は賞金首らしく自分のことに気をつけておけ』

「だから賞金首ってなんですか⁉　怖すぎるんですけど！」

電話の向こうで、夏緋先輩が笑っている。僕をおもちゃにしているな？

『……もう大丈夫そうだな』

びっくりするぐらい穏やかな声が聞こえてきた。本当に心配してくれていたようだ。

「大丈夫です！　ありがとうございました」

それから少し雑談をした後、僕は電話を切った。

早く兄達が励んで、僕が傍観する楽しい日常を取り戻したいなあ。

翌日の放課後――。

今日もまた、僕は青桐兄弟と生徒会室にいるのだが、妙に二人は静かだ。

珍しく会長は黙々と作業をしているし、夏緋先輩はスマホを見ている。

「あのー……ケンカでもしました？」

「そんなくだらないことはしない」

会長が書類から目を離さないままそう吐き捨てると、夏緋先輩はちらりと会長を見たが、すぐにスマホに視線を戻した。

「……夏緋先輩、昨日電話した後に会長と何かあったんですか？」

「お前は気にしなくていい」

隣に座る夏緋先輩にこっそり訊いたのだが、僕に話す気はないようだ。冷たい。

なんなのこの空気～！　ピリピリするのはお腹いっぱいなのですが！

もう帰ろうかな、と思っていたのだが、ふと会長の手元にある書類の束に目が留まった。

あれは全部、会長が処理しなければいけないのか？

「生徒会長の仕事って、そんなにあるんですか」

「……お前は、俺がここに座っているだけだと思っていたのか？」

「まさか！　でも、今まで仕事をしているところを見たことなかったから……」

「お前が来る時は、さっさと終わらせてあるか、後に回している」

「え、そうなんですか？」

僕と話すために、わざわざ時間を作ってくれていたなんて……ちょっと嬉しいかも。

「あの、僕に手伝えることはありますか？」

断るそぶりを見せた会長だったが、少し思案すると僕に仕事を振ってくれた。

「誤字がないかの確認と、日付順に並べてくれると助かる」

「わかりました！　夏緋先輩も一緒にやりましょうよ！」

クールフェイスでスマホを触りつつも、ちらりとこちらを気にしている夏緋先輩を誘う。

すると、渋々という感じだが来てくれた。よかった！

皆でやると早く終わるし、この微妙な空気をなんとかしたい。

「夏緋先輩、これが終わったら、会長にジュース奢ってもらいましょう！」

「勝手に決めるな。……まあ、それくらいならいいが」

「やった！」

冗談のつもりで言ったのだが、報酬があると思うとやる気が出る。作業をしながら話していているうちにピリピリしていた空気も和らいだ。

「お前達のおかげで早く終わったな」

「会長、お疲れ様です！　早速ジュースを買いに行きましょう！」

「……子どもか」

二人に呆れられつつ、生徒会室を出て食堂にある自販機へ向かった。

青桐兄弟に挟まれて廊下を歩いていると、目の前から見慣れたスポーツ系イケメンが歩いてきた。ジャージ姿なので、恐らく部活中の春兄だ。

どうして体育館じゃなくて校舎にいるのだろう。

疑問に思っていたら、僕達に気づいた春兄が、目つきを鋭くしてこちらにやってきた。

「青桐、央にちょっかい出すのはやめろと言ったはずだ」

「お前の指図は受けけん」

廊下に突然バトルフィールドが出現したかのような錯覚に陥る。

怖い、巻き添えを食らいたくないのですが！　僕だけでも逃げていいですか⁉

「央。お前にも注意しただろ？　送っていくから、帰るぞ」

春兄が僕の手を掴み、連れて行こうとする。

「ちょ……春兄、待って！」

このまま帰ったら後が怖い。それにジュースも買ってもらわなければ……！

そう思って踏み止まっていると、夏緋先輩にも手を引かれた。

「勝手にこいつを連れて行かれては困る」

「青桐の弟か……」

春兄と青桐兄弟が対峙して睨み合う。夏緋先輩まで完全に参戦するなんて、さすがの春兄でも勝てない。春兄に何かあったら兄が悲しむから、ここは僕がなんとかしないと！

「春兄、僕らはジュースを買いに行くから！　バイバイ！」

僕は会長と夏緋先輩の手を掴み、早く食堂へ行こうと引っ張った。

「央！　こら、待て！」

追いかけてこようとした春兄だが、必死に二人を引っ張って逃げる。しばらくして振り返ると、諦めてくれたようで春兄の姿はなかったので、安心して二人の手を離した。

「仲良くしろとは言いません。でも平和にいきましょうよ」

「「無理だな」」

春兄と青桐兄弟が仲良く暮らす世界線はないらしい。これも知ってた。

「あいつの焦った顔を見られたのはよかった。央、偉いぞ」

「オレ達を選んだのは正解だ」

そう言って会長と夏緋先輩が雑に僕の頭を撫でてきた。いちいち力が強いんだって！


兄と気まずくなって、数日経った日の朝――。

今朝はなぜか、目覚めてからずっと嫌な予感がしていた。

落ち着かない状態でカフェオレを飲んでいると、玄関が騒がしいことに気がついた。

聞き覚えのある声が幾つか聞こえる。兄に春兄、それに……。

「え、会長？」

急いで玄関に行くと、眉間に皺を寄せた春兄と無表情の兄。そして、会長がいた。

夏緋先輩、会長はおかしな様子はないって聞きましたけど!?

「行こうか、夏希」

兄は会長に声をかけると靴を履きだした。それを見た春兄の眉間の皺は更に深くなる。

「勝手にしろ」

そう吐き捨て、春兄は一人で行ってしまった。その背中には怒りが見える。

「追わなくていいのか？」

…………え？　僕が思わず叫びそうになったことを、会長が言ったので驚いた。

「いいんだ。それより、オレと話したいことがあるんだろ？　行こうか」

兄が立ち上がり、玄関を出て行こうとしたところで会長が僕に気づく。

「央、まだ着替えていないのか？　急げ。またギリギリになるぞ」

僕が頷くと、兄に続いて会長も出て行った。

「はあ……」

兄達のことには首を突っ込まないと決めたのに、なんとかしたいと思ってしまう。

「……僕も登校しなきゃな」

朝から辛い修羅場を見てしまい、なかなか動く気になれずにいると、再び玄関のドアが開いた。

「今日こそは負けないんだから！　……って、アキ？　座り込んでどうしたの？」

玄関に座り込む僕を見てびっくりした雛が隣に腰を下ろした。

雛は兄達のことで、何か気がついているのだろうか。……少し探りを入れてみるか。

「実は……兄ちゃんと春兄、ケンカしているみたいでさ」

「ええ!?　そういえば……お兄ちゃん、最近機嫌が悪かったの。それが原因だったのね」

春兄も不機嫌か。恋人に意味もわからず冷たくされているのだから無理もない。

「兄ちゃん、僕にも何か怒っているみたいでさ……」

「え？　なんで？　アキは真兄を怒らせるようなことしちゃったの？」

「してない。いや、わからないけど……したつもりはない」

「そっか……。でも、真兄が怒るなんて、よほどのことがないと……」

やっぱりそうだよなあ。兄が理由なく怒るはずがない。

そうなると、僕が何かやらかしてしまっているわけだが……全く心当たりがない。

「……アキ！　私には頼りになる先生がいるの！　だから大丈夫！　任せて！」

僕が頭を抱えていると、雛が拳を握って力説し始めた。

「は？　先生？」

「うん！　何かわかると思うの！」

「お、おう……じゃあ、頼む……」

つい頷いてしまったが、先生って誰だよ。妙な占い師とか霊能力者じゃないだろうな？

雛が必死に力になろうとしてくれているのがわかるから疑いたくないが、水晶とか買わされる前に止めた方がいいかもしれない。

「……ん？　なんでそんな顔してんだよ」

視線を感じると思ったら、雛が深刻そうな顔で僕を見ていた。

「だって、アキが辛そうなんだもん。私、何もできないし……」

気遣ってくれてありがたいが、あまりにも真剣すぎて思わず笑ってしまった。

「いや、雛のおかげで元気出たよ。ありがとな」

「！」

そう笑いかけると、雛はカッと目を見開き、拳を握り締めて立ち上がった。どうした？

「私、頑張る！」

「ほどほどにな。お札とか絶対買うなよ？　霊道があるとか言い出したらすぐに逃げろ」

「レイドウ？　なんの話？」

「おっはよー……って、何やってんの？」

またドア開いて、今度は楓が現れた。

拳を握り締めて立っている雛と座り込んでいる僕を見て、怪訝な顔をしている。

「楓、今日は雛の勝ちだ」

「はあ？　何が？」

「え？　まだ渡してないけど……でも、やったあ！」

「ちょっと待って。説明してよ！」

こいつら、ゆるキャラみたいに和（なご）むな。癒（いや）し担当として、しばらく家にいてほしい。

「……はあ、何もしてないけど疲れたー！」

朝の修羅場を乗（の）り越（こ）え、学校が終わると真っ直ぐ家に帰ってきた。楓や柊に呼び止められそうになったが、一人になりたかったから上手くかわした。

まずは兄の機嫌を損（そこ）ねないよう、制服をきちんと脱（ぬ）いで部屋着に着替える。そして、おやつを調達するためキッチンを漁（あさ）っていると、インターホンが鳴った。

「よう」

現れたのは気まずそうに頭を掻（か）いている春兄だった。

何やら話があるようなので招き入れ、二人でリビングのソファに腰掛（こしか）けた。

「央、今朝は騒がしくしてしまって悪かったな」

春兄が気まずそうだったのは、朝のことを気にしていたからのようだ。

「僕は大丈夫だよ」

「そうか？　お前にまで心配かけるなって雛に怒られてさ」

朝、僕の様子を見て心配してくれていた雛が、春兄に言ってくれたのか。

「そういうわけで真と話がしたいんだ。ここで待ち伏せさせてくれ」

春兄は吹っ切れたようで余裕を感じた。本当に仲直りできるかもと期待が膨らむ。

春兄と雑談しながら、兄の帰りを待つことにした。

しばらくして空も暗くなり、ご近所から夕飯の良い匂いが漂い始めた頃――。

パタン、と玄関のドアが開く音がして、春兄と顔を見合わせた。

「……真が帰ってきたな。悪いが二人だけで話をさせてくれ」

「わかった。僕は自分の部屋にいるよ。春兄、絶対仲直りしてよ？」

「ああ。大丈夫だ」

自信に満ちた笑顔を見て安心した僕は、春兄を残してリビングを出た。

「！　兄ちゃん……」

玄関の前を通ると、兄が靴を整えて上がってきたところだった。

「お、おかえり」

「ただいま。春樹が来ているのか」

「うん。兄ちゃんと話したいって……」

そう伝えた僕に返事をしないまま、兄はリビングに向かって行く。まだ態度は冷たい。

「兄ちゃん！」

寂しくて堪らなくなった僕は兄を呼び止めた。

「僕、何か兄ちゃんに嫌なことしちゃったんだよね。ごめんなさい……」

これから春兄と話をして解決するかもしれないけど、どうしても今、謝りたかった。

何か反応が欲しかったが、兄は無言のままリビングに消えた。

許しの言葉をもらえず、また込み上げてくるものがあったが、春兄を信じて待とう。

自分の部屋に入り、ベッドに横たわる。今頃二人は話し合いをしているのだろう。

……気になる。余計なことをしたくないのに、気になって仕方がない。

『…………ッ…………！』

心配していると、下から荒々しい声が聞こえてきた。また言い争っているのだろうか。

我慢できない……！　心配になった僕は、こっそり様子を見に行くことにした。

階段に身を潜めてリビングを覗くと、中途半端に開けられたドアの隙間から二人の様子が見えた。兄が腕を掴む春兄の手を振り払っている。

「お前は央の方が好きなんだろ！」

聞こえてきた兄の叫びに顔を顰める。…………え、僕？　なんの話だ。

「央のことばかり気にして、風邪の時なんて額をくっつけていたじゃないか！　あんなことをしなくても熱なんか測れるだろ！」

風邪の時、おでこをくっつけてきたあれか。気がつかなかったが、兄は見ていたのか。

「大体お前は、前から央のことを可愛がりすぎだ！」

そうか？　僕は兄の弟だから可愛がってもらえていると思うのだが……。

……というか！　兄の機嫌が悪い原因って、もしかして……!!

僕の予想は確信に変わり始めていたが、兄の話はまだ終わっていない。

「以前、央を見ていると『手中に収めたくなる』とか言っていたしな！」

春兄、そんなことを言っていたのか？　でもそれも、僕が兄に似ているからでは？

いや、そんなことはもうどうでもいい。やっぱりこれって、絶対そうじゃないか！

「くっ」

今まで黙って聞いていた春兄が、ニヤリと嬉しそうに笑っていた。

「……何、笑っているんだよ」

「いや、雛の言っていた通りだなと思って」

「は？　雛？　何を――」

「お前、妬いているんだろ？」

「………っ!?　なっ……ちがっ……！」

「違わない」

春兄は言い切った。……僕もそう思う。

今思えば簡単なことだった。どうして気がつかなかったのか不思議だ。

間違いない。兄は春兄が僕をかまうから、僕に嫉妬していたのだ。

「妬いている上に拗ねている」

「そんなこと……！」

春兄は否定しようとする兄の腕を掴み、力強く抱き寄せた。

こ……これは……‼　自然と僕の体は小刻みに震えだす。

春兄の腕の中に閉じ込められている兄は抵抗しているが、抜け出せないようだ。

しばらく抵抗していたが、力を緩めない春兄に負け、大人しくなった。

そんな兄を見た春兄がくすりと笑っている。

「もうわかってんだよ、馬鹿。散々振り回しやがって……」

あ。これ、無理——。急に目の前に花咲き誇る楽園が広がったではないか！

兄達でBL充できなくなり、栄養失調気味の僕の願望が見せた幻じゃないだろうな⁉

見つかると楽園の扉は閉じてしまうのに、このパッションを抑えられない！

栄養過多で倒れそうになっている僕の目の前では、まだ天使達の語らいが続いている。

「俺は嬉しいよ。普段、あまり感情を表に出さないお前が、こうして俺のことで、周りを巻き込んでいることが」

春兄の腕の中に隠れてしまっているため兄の顔は見えないが、さぞ照れているのだろう。うおおおぉ、見たい……恥じらう兄の顔が見たいよぉ！

「でも、央は可哀想だろ」

おっと⁉　急に僕の名前が出てきて、見つかったのかと焦った。

「あいつはお前にべったりだからな。お前に冷たくされて随分凹んでいたぞ」

僕のことまで気を配ってくれるなんて……。春兄、ありがとう。

「あと青桐がうぜえ。俺に妬かせようとしたのか？」

兄が会長の誘いを受けたのって、当て馬にするためだったの⁉　さすがにそれは酷いのでは……。そう思っていると、兄が春兄の腕の中からボソボソと喋り始めた。

「いや、夏希から話があると言われたから、ちゃんと話をつけてこようと思っただけなんだけど……」

「……けど？」

「色々話したけど、最終的には『しっかりしろ』ってオレが怒られちゃった……かな？」

うん？　どうして会長が兄を怒るんだ？

「そうか。実は俺も、あの馬鹿に好き勝手言われてたな。まあ、今回はあいつの方が正しい」

「夏希と話したのか？」

「ああ。偉そうに『手に入れたのならしっかり捕まえとけ。不安にさせるな』だとさ」

かっ……かいちょおおおぉっ‼　なんて男前なのだ！

これから僕は、毎日朝晩あなたを攻め神と崇め、祈りを捧げます！

「あいつに言われたのは癪だが……もう、お前を不安にはさせない」

会長の攻め力に魅入られているうちに、楽園も最後の盛り上がりを魅せていた。

真剣な表情の春兄の手が、微笑んでいる兄の頰に触れた。二人の距離が更に縮まる。

「ごめん。……オレが子どもだった」

「お前に振り回されるのも悪くはない。でも、相手は俺だけにしろよ？」

そう言うと春兄は、兄に上を向かせ――。

二人のシルエットが一つに重なった。そこからは、言葉にするのももったいない――。

「今日、地球が滅んでもいいや」

二人に聞こえないように呟く。そして、気配を消しながらそっと階段を上がり、自分の部屋に戻った。ベッドに上がり、正座。枕に顔を押さえつけて悶えた。

「尊い……」

涙は枕が吸収してくれる。もう、嗚咽を堪えなくていい。

「そりゃあ掘るわな！　あんな天使、掘ってくれって言っているようなものだもん！」

ベッドの上をドリルのように転がる。湧き上がるパッションが留まることを知らない！

兄という天使を――いや、生き神様を一生崇めます。弟に生まれてよかった！

しばらくしてなんとか落ち着きを取り戻した。でも、顔の筋肉はゆるゆるで、思い出してはニヤニヤしていると、『コンコン』と控えめなノックの音が聞こえた。

「央？」

ノックをしたのは兄だった。ドア越しに聞こえた声は穏やかだ。

「……さっきはごめん。ちゃんと謝りたいんだ。入っていい？」

返事をしてドアを開けると、申し訳なさそうな表情の兄が立っていた。

僕とも仲直りをしてくれるのか少し不安だったが……大丈夫そうだ。

抱きつきたい衝動に駆られたが、兄の身体は春兄のものなのでグッと堪えて部屋に招き入れる。ベッドに二人並んで腰掛け、話をする。

「春兄と仲直りできた？」

「うん。ごめんね……。央は何も悪くないんだ。謝らなきゃいけないのはオレの方だ」

兄に冷たくされたのは本当に辛かった。でも、最後にくれたご褒美で辛いのは全部吹き飛んだ。

「平気。兄ちゃんに嫌われたのは悲しかったけど……」

「央を嫌ったりなんかしてないよ。オレが勝手に妬いていただけだから」

兄が僕に妬くなんて、今でも信じられない。黙っていると、兄は穏やかに話し始めた。

「子どもの頃からね、央は狡いと思うことがあったんだ。何をやっても愛嬌があって、可愛げがあって、誰からも好かれる。オレにはできないことだ」

そんなことはない。兄の方が人に好かれるし、僕は兄のようになりたかった。

それを伝えると兄はにっこりと微笑んだ。

「お互い、ないものねだりなのかな？」

そうなのかもしれないと、僕も笑って返した。

「父さんも母さんも、小さい頃から央ばかりを気にしていたよ。今だって電話がかかってきても、央のことばかり気にしている」

「それは……。兄ちゃんはしっかりしていて、心配いらないから……」

「うん。わかっているよ。自分でもそうあろうと心がけていたしね。それでも、少し寂しくて、たまにはオレのことも気にかけてほしいと思ってしまうんだ」

「そうだったんだ……」

小さい頃からなんでもできて完璧な兄に、そんな思いがあったなんて知らなかった。

僕はずっと兄に甘えすぎていたのかもしれない。自分が恥ずかしい。

「最近、春樹が央を気にかけるところが、やけに目につくようになってね。央も春樹に懐いているし、勝手に疎外感を抱いていたのかな」

「そんな……僕、春兄より兄ちゃんが好きだよ」

春兄ももちろん大好きだが、兄とは比べ物にならない。兄が不動で永遠の一位だ。

「知ってる。オレに冷たくされて泣いていたんだって？　ごめんな？」

「泣いてないし！」

二人の尊さには涙したが、それについてはギリギリセーフだ。兄にからかわれ、ギャーギャーと騒いでしまう。こういうのも久しぶりで幸せだ。

「……お前ら、可愛いな」

突如聞こえた声に驚き、ドアに目を向けると、春兄が隙間からこちらを覗いていた。

「兄ちゃん、春兄がキモイ」

「奇遇だな。オレもそう思う」

春兄をこんなに気持ち悪いと思う日が来るとは……。

「……ねえ、央」

春兄に「覗いていないで、ちゃんと入って」と促していると、兄に呼ばれた。

顔を見ると、真剣な表情で真っ直ぐ僕を見ていた。

「もしかして……オレ達のこと、気がついてる？」

「…………え？」

一瞬、意味がわからなかったが、兄達の関係のことを言っているのだと気づいた。

「おい、真っ」

「央には隠せないと思うよ」

焦っている様子の春兄を諭すと、改めて姿勢を正して僕を見た。

思わず僕も背筋を伸ばし、話し始めようとしている兄に向き合う。

「前に言った『オレ達が付き合っている』って冗談。あれ、本当だよ」

とうとうこの時が、カミングアウトを受ける日が来たようだ。

兄は覚悟を決めて話しているのがわかる。だから僕もちゃんと応えよう。

「うん、知ってる」

春兄は目を見開いて驚いている。僕が気づいているとは予想外だったようだ。

一方、兄の方は予想していたようだ。

「やっぱり……。どう思った？　やめてほしいとは思わなかった？」

「全く」

生きる糧なのに、やめてと思うわけがない。

二人の関係を止めるなんて、自ら心臓をえぐり出して捨てるようなものだ。

「本当に？」

「うん、全っ然」

僕の言葉を聞いてきょとんとしていた二人だったが、やがて目を合わせて微笑み合った。

どうやら安心してくれたようだ。いいですね、仲睦まじくって。

やっぱり二人はこうでなくちゃ！　……そうだ、気になっていたことを訊いてみよう。

「そもそも兄ちゃん達って、関係を隠す気あったの？」

「そりゃあ、もちろん……」

二人の顔は「なぜそんな当たり前のことを訊くのだ？」と言いたそうだ。

「でも無防備だったでしょ？　あんまり警戒してなかったというか……」

「どういうことだ？」

「その……聞こえたけど……そういう時の…………『声』とか」

僕がそう言い終わると、春兄は「しまった」という顔をしながら遠くを見た。

兄はみるみるうちに顔が真っ赤になり――。

「えっ」

次の瞬間、春兄が後方に吹っ飛んでいた。兄が思い切り殴り飛ばしたのだ。

兄はテニス部のエースで、スリムな体型だが腕力はある。春兄、ご愁傷様です――。

「だから……！　だから言ったじゃないか！　家ではやめようって！」

「じゃ、じゃあどこで、外でする……ゴッ！」

「喋るな！　死ね！」

倒れている春兄を、兄が踏んづけている。ああ、どうしよう。目の前で暴力が……。

「落ち着けっ、まこ……ゴフッ」

「うるさい！　落ち着いていられるか！　弟に……弟に聞かれていたんだぞ⁉」

　ばっと兄はこちらに顔を向けた。僕が引きつった笑みを見せると、兄の目には次第に羞恥の涙が溜まり始めた。

「春樹！　お前とは……お前とは絶交だ！」

　そう言い残し、兄は走り去っていった。あーあ……仲直りをしたばかりなのに……。

　踏み潰され、ボロボロになって床で伸びている春兄の元にしゃがみ込み、話しかける。

「春兄、絶交だって」

「はは、可愛いだろ、アイツ」

　うん、知ってる。僕も今、同じことを思っていたし。

「早く追いかけた方がいいんじゃない？」

「起こしてくれ」

「兄ちゃんに妬かれるから嫌」

　春兄は舌打ちしながら身体を起こし、兄を追いかけて行った。

　やがて言い争うような声が聞こえてきたが、これは痴話ゲンカだとわかっているから、思わずにやけてしまう。

　よかった、無事解決だ。明日、会長と夏緋先輩に報告しよう。

カーテンの隙間(すきま)から眩(まぶ)しい光が差し込み、スマホのアラームが朝の六時半を告げた。

「うるさい……」

設定したのは自分なのだが、耳を攻撃(こうげき)してくる高音に腹が立つ。

まだまだゴロゴロしていたいのだが、あと五分もすれば兄が起こしにきてしまう。

自分より先に起きて、朝ごはんまで作ってくれている兄の手を、これ以上煩(わずら)わせるわけにはいかない。僕は眠(ねむ)い目を擦(こす)りながら、天使の兄がいるキッチンへと向かった。

「央(あきら)、おはよう」

「はよー」

やっぱり朝にはこの天使の微笑(びしょう)がなくては！

兄の姿がなく、ごはんがぽつんと置かれていた時は本当に辛(つら)かった。

「ボーッと立っていないで、早く食べないと時間なくなるよ？」

「はーい」

兄に言われて席に着くと、僕の目の前には大好物が用意されていた。

「やったね、ホットサンドだ！」

昔から兄の作るこれが大好きで、リクエストして毎日食べていた時期があった。

でも、兄が「作るのが飽きた」と言い、作ってくれなくなったので久しぶりの登場だ。

「央には迷惑かけちゃったからね。お詫び、かな」

「別にいいのに。でも、また毎日これを作ってくれたら嬉しいなあ」

期待を込めた視線を向けるが、返ってきた反応は冷たかった。

「嫌。またしばらくは見たくない」

「ええー……」

抗議の声を上げたが、兄の意思は固そうだ。子どもの頃、兄の力作のパンケーキよりも、ホットサンドの方が好きと言ってしまったことをまだ根に持っているのかもしれない。

「はあ、美味い……」

このシンプルにタマゴとハムを味わえるバランスが良い。

「こんな簡単なものでそんなに喜ぶなんて、手がかからなくていいけど」

兄が向かいの席に座り、優雅にブラックコーヒーを飲みながら呟いた。

おや？　今僕を「単純でいい」と小馬鹿にしましたか？

「ブラックでいいの？　彼氏の影響でカフェオレ飲んじゃうんじゃなかったっけ？」

そっちがその気なら僕だって黙っていない。ニヤリと口角を上げながら兄を見ると、赤い顔で睨まれた。そんな顔をしても可愛いだけだもんね、くっくっく。

悪い笑みを浮かべながら食べ進めていると、「ピンポーン」とインターホンが鳴った。

兄が玄関に向かったので食べながら待っていると、春兄と雛を連れて戻ってきた。

「よう」

「アキ、おっはよ！」

毎朝来ている二人だが、揃ってこんな時間に来ることはない。

「おはよ。二人揃ってどうしたんだ？　なんかあんの？」

「ううん。ちゃんと仲良くしているかなって、チェック！　よかった、大丈夫そうね？」

「だから、大丈夫だって言っただろ？」

「お兄ちゃんの『大丈夫』は信用できないもん」

雛にも随分心配させてしまったようだ。謎の『先生』とやらに何か話をして、良い方向に向かうように動いてくれていたようだし、感謝しなければいけないな。

「ありがとな、雛」

「うん！　真兄と仲直りできてよかったね」

僕と兄は、顔を見合わせて微笑んだ。

「真兄もお兄ちゃんと、ラブラブに戻れてよかったね！」

雛はそう言って、満面の笑みを浮かべた。…………え？

もしかして、雛も知っている⁉　兄を見ると、目を開いたまま固まっていた。

「雛……！　俺がタイミングを見て話すからって言っただろうが！」

「え？　でも、アキも知っていたんだよね？　じゃあ、もう話したんじゃないの？」

「まだ言ってねえよ！」

「ええ⁉　ごめん！」

春兄は固まったままの兄を見て、説明するしかないと悟ったようで口を開いた。

「実は雛も、俺と真が付き合っていることを知っていたんだ」

「……嘘だろ、本当に？」

察していた通りの内容だったが驚いた。雛には兄達がカップルになるという発想がないだろうから、不審に思っても結局はわからないだろうと思っていた。

「わかったのは最近だけどね。お兄ちゃんに聞いたら、黙っているように言われて……」

「そうだったのか」

「アキは前から気がついていたの？」

「まあ、なんとなくだけど……？」

真っ最中の声までガッツリ聞いているから、「なんとなく」なんて大嘘だけど、雛に詳しく聞かせる話でもないだろう。

「そっか、すごいなあ。私なんて先生に言われるまで気がつかなかったもん」

　また出たよ、『先生』。

「おいおい、その先生とやらは俺達のこと知っているのか？」

「え、そうだよ？　真兄が『ヤキモチを妬いているんじゃないか』ってアドバイスをくれたのは先生だもん。その時に言わなかったっけ？」

「聞いてねえよ！　お前の意見じゃなかったのかよ。じゃあ、お前が気がついたのもそいつに言われたからで、この前の助言もそいつってことか？」

「そうだよ」

　もう、やめて！　雛に知られていただけでもこんなに動揺しているのに、赤の他人に知られていたなんて天使のハートが持たない。

「春兄！　今日は早めに学校に行ったら!?」

「そ、そうだな！　真、行こうか！」

「雛。もう誰にも……絶対、話しちゃ駄目だからね……」

「う、うん」

　そう言ってキッチンを出て行く兄は、燃え尽きた灰のようになっていた。強く生きて！

　春兄、兄ちゃんをよろしくお願いします……。

「私、なんか悪いことしちゃった？」

「はは……」

「とにかく、兄ちゃん達のことはそっとしといてやってくれ。あんまり人に喋るなよ？」

「う、うん、わかった」

「しっかし、『先生』って誰だよ」

「秘密にしてほしいんだって。『アンダーグラウンドで生きているから』って言ってたよ」

「なんだよそれ、地底人か」

「なんかね、お兄ちゃん達みたいなＢＬに詳しいの」

「………っ⁉」

　予想外の言葉が聞こえた瞬間、口に入れていたものを噴き出しそうになった。

　なんということだ……雛の口から『ＢＬ』という単語が出てくるなんて！

「ＢＬっていうのは『ボーイズラブ』、男の子同士の恋愛のことをいうんだって。『攻め』と『受け』っていうのがあって――」

　知ってるし！　お前より数億倍詳しいし！　生まれ変わってもＢＬにしがみついているこの僕が、雛からＢＬ入門解説を受ける日が来るとは……。先生って腐女子かよ！

　僕が腐っていることはバレたくないから、雛の周囲には気をつけよう。

「あ、ごめん。こんな話、アキは興味ないよね」

　興味ないどころか「そんなことばかり考えています」とは言えない。

　下を向いて、口に残ったものを必死に飲み込んだ。

「あ、なあ。お前は兄ちゃん達のことを知ってどう思った？」

雛は一瞬きょとんとしたが、次の瞬間、気まずそうに俯いた。

「正直言うとね、最初は嫌だったんだ。だって、周りには可愛い女の子もいっぱいいるし、お兄ちゃん達は人気もあるのに、なんで二人がカップルになっちゃうの！　って思って」

雛の言う通りなのだが、「だからこそ尊いのだ！」と心の中で力説する。

「でもね、お兄ちゃん達を見ていたら応援したくなったの！　お兄ちゃんも真兄も、中途半端な気持ちで付き合ったりする人じゃないもん。本当にお互いが好きなんだろうなあ」

雛が良い子でよかった……。「羨ましいなあ」と言いながらニヤニヤしている様子は、同じニヤニヤでも僕とは違ってピュアだ。雛よ、このままでいてくれ！

「アキはどうだった？　嫌じゃなかったの？」

「僕？　全然嫌じゃないよ。だって兄ちゃん達、お似合いじゃん」

「えっ！　う、うん……今はお似合いだって思うけど……」

雛は僕の返答が意外な様子だ。

「ね、ねえ。……アキはBLじゃないよね？」

「………っ⁉」

ちょうどカフェオレを飲んでいた僕は噴きそうになった。突然何を訊くのだ！

「僕は違うよ」

「そっか、そうよね！　うんうん、よかった！　BLじゃなくてよかった！」

まったく、なんの確認だよ。朝から人の血圧を上げるな。

その後、迎えにきた楓と合流。明日は雛に負けないようにもっと早く来ると言っていたが、そこで競うのはやめてくれ。

昼食時間――。夏緋先輩に呼び出されていた僕は、生徒会室に向かっていた。

今日は珍しく放課後ではない。会長達と一緒にお昼を食べることになっている。

「お腹空いた……んぐっ⁉」

廊下を歩いていると、突如後ろから出てきた長い腕に、首をホールドされた。

「なんだ⁉」

腕を剝がそうとするが、びくともしない。犯人は二択――赤か青だろう。

「気をつけろって言っただろ？」

この声は……青だったか！

「苦しいですって！　離して！」

巻かれた腕をバシバシ叩いて抵抗していると、ようやく解放された。

「あ、夏緋先輩！　兄ちゃん達、無事に仲直りしました！」

「そうか。よかったな」

「はい！　会長は気の毒ですけど」

「………………」

「どうかしたんですか？　会長の様子がおかしいとか？」

「……いや。行くぞ」

謎の間があったが、置いて行かれそうになったので、慌てて夏緋先輩を追いかけた。

「どうして夏緋と一緒なんだ？」

生徒会室に入った瞬間、会長が僕らを見て顔を顰めた。

「来る途中に襲撃されました」

そう答えると会長は夏緋先輩を睨んだが、夏緋先輩は視線を合わせずスルーしている。

「……まあ、いい。央、ちょっと付き合え」

「へ？」

立ち上がった会長に腕を引かれるが……皆でお昼ごはんを食べるのでは？

「兄貴、どこへ行くつもりだ？」

「お前は連れと飯を食ってこい。ついてくるなよ」

「待てって」

「今回は譲ってくれ」

会長がお願いをするなんて意外だ。夏緋先輩も驚いている。そのうちに会長に引っ張られたまま、生徒会室を出てしまう。本当に夏緋先輩を置いていくつもりか？

色々抗議したいが問答無用で引っ張られていて、転ばないように歩くだけで精一杯だ。

三年生の教室近くに差しかかった時、急に会長の足が止まった。

視線の先を追ってみると、そこには兄と春兄が楽しそうに談笑している姿があった。

わかる人にはわかる、良い雰囲気だ。うわあ、せつない……！

「央？……と夏希？」

兄の呟きを聞いて春兄もこちらを見た。僕と会長を見て顔を顰める。

何か話があるのか、春兄がこちらに向かってくる。兄もその後に続く。

僕らの進路を塞ぐように立った春兄が会長を睨んだ。

「央を面倒なことに巻き込んでないだろうな」

「お前には関係ない」

「関係はある。央は真の弟で、俺にとっても弟みたいなもんだ」

「春兄……！」

僕は喜んだのだが、会長の顔つきがより一層険しくなった。

「ああ？」

「ちょっと二人とも、落ち着いて……」

兄が二人の間に入って諭す。可愛い恋人の説得に春兄は後ろに下がったが、会長は引き下がらなかった。

「お前の指図は受けん。お前は真だけ見ていろ。央は俺がもらう！」

そう言うと再び僕の腕を掴んで進み始めた。……は？　今なんて言った？

「いや、待って。僕は物じゃないですから！」

驚いた兄達の顔が見える。ちょっと……固まってないで助けてーっ！

学校を出て駅に着くと、電車に乗って移動。降りた駅で、今度はバスに乗った。

すごく遠出じゃないか……午後の授業に出られないじゃん！

抗議をしたかったが、会長がまじめな顔をしていたので何も言えなかった。

到着してバスから降りると、道路の両側には森が広がっていた。風が吹くとザワザワと揺れる木々の音は心地よいが、こんなに景色が変わるところまで来ることになるとは……。

「ごはんが食べたかったな……」

「後で何か買ってやるから文句を言うな。行くぞ、ついてこい」

「はーい……」

こんなところに置いてけぼりにされるわけにもいかないので、大人しくついていく。

それにしても、ここはどこなんだ？

学校に鞄を置いたままなのだが、今日中に取りに行くのは諦めた方が良さそうだ。

バス停から道なりに進んで行くと、石造りの立派な塀が見えてきた。塀沿いにお洒落な街灯が等間隔に並んでいて、ヨーロッパの街並みを歩いているような気分になる。

敷地内の木々の中、高台になった場所に更にヨーロッパを感じる古城が見えた。年季が入っていて、一部に蔓が巻きついている。夜に来たらドラキュラ城に見えるかも。

「城がありますけど、観光地か何かですか？」

「そうだ。石材のテーマパークで人気の観光スポットだ」

「へえ、古城って感じですね。兄ちゃんが好きそうだな」

昔から海外の建造物が好きだったし、推理小説の舞台となっている古城に行ってみたいとよく言っていた。

「もしかして……兄ちゃんのために調べたんですか？」

「ああ。あの城は真が行きたいと言っていた、イギリスの古城を再現しているんだ」

再現した城があるということより、会長がリサーチしていることに驚いた。

「今度、兄ちゃんを誘うつもりなんですか？　今日は視察？」

「いや、もう真と来るつもりはない。区切りをつけるのにちょうどいいと思ってな」

「区切り、ですか？」

兄カップルが仲直りしたことで会長は改めて失恋したわけだから、完全に諦めることにしたということだろうか。

そんなことを考えながら歩いていると、鉄製の大きなアーチ型のゲートに辿り着いた。

立派だなあと見ている間に、会長が二人分のチケットを買ってきてくれた。

「僕の分まですみません」

「構わん。俺が連れてきたんだから気にするな。行くぞ」

入場した僕達は、地図を見てから早速メインの城に向かう。

両側に背の高い樹木が並んだ遊歩道には、光沢のある石が敷かれていた。

「綺麗な石だなあ」

「大理石だぞ」

「⁉　お金持ちの家の玄関に使われる石！」

テレビの豪邸訪問番組で見たぞ、と思っていると、会長が呆れたように笑った。

「大理石の玄関なんて、裕福じゃなくてもあるだろう」

「天地家の玄関は大理石ではありません」

「でも、真が綺麗にしているだろ？　金をかけた玄関よりいいんじゃないか？」

「確かに！　そうですね」

高級感のある玄関より、親しみのある我が家の玄関の方が僕は好きだ。

会長の言葉に頷きつつ――。

兄の話題を普通にするし、やっぱり吹っ切れたのだろうか、と気になった。

「思ったよりも近かったな」

会長の言葉を聞いて前を見ると、いつの間にか目的地の城に到着していた。

遠くからでは見えなかった細かい装飾も見えるし、大きくて迫力がある。

「資材は現地のものを取り寄せ、完全に再現されている。細かい装飾や彫刻は現地の職人を呼んでやっているそうだ」

「へえ、徹底していますね。すごいなあ」

ガイドまで完璧な会長もすごい。それなのに一緒にいるのが僕だなんて気の毒だな。

「城の中を見てみるか」

「あっ、はい」

城の中は昼なのに仄暗くて肌寒い。人は少なく、たまにすれ違うくらいだ。

石造りの壁に軽く触れてみたり、立ち止まって眺めたりしていると、兄の好きな推理小説の中に入ったような気がして楽しくなってきた。

「現地にいるみたいにリアルですね！」

「そうだな。年季が入っているように見せるため、傷や汚れも再現しているらしい」

「へえ、そこまでしているんですね！　兄ちゃんが見たら喜んだだろうな」

僕から兄の話題を出しても大丈夫だったかな？　と思ったが……。

「ああ。俺が選んだところだからな」

会長はそう言って自慢げに笑った。心を痛めている様子はない。

「次に行くぞ」

「あ、はい」

再び歩き始めた会長の後を追い、螺旋階段を登った先にあった鉄の扉を開けると外に出た。バルコニーのようだが、外周りの通路になっているようだ。

「景色がいいな」

ここからは辺り一帯を見渡すことができた。緑が広がっていて気持ちが良い。僕達は足を止め、柵になったところから景色を見渡した。

「本当に良いところですね」

「……ああ」

隣にいる会長に目を向けると、遠くを見て物思いにふけっていた。

恐らく兄のことを考えているのだろう。そっとしておいた方がよさそうだ。

そう思って静かにしていたのだが、会長はすぐに口を開いた。

「あの馬鹿は気が利かないから、真を連れて出掛けたりしないだろう。お前から二人に、この場所を教えてやれ」

「え？」

「ここはきっと真が喜ぶ。あの馬鹿と来たなら……尚更な」

高いところだからか風が強く、聞き取りづらかったが、それは……。

「春兄にデートプランを譲っていいんですか？」

「構わない」

こんなに良いところなのに、自分で連れて来なくて本当にいいのだろうか。

あんなに敵視していた春兄に教えてやれ、だなんて……。

「会長は……兄ちゃんのことを諦めたんですか？」

そう訊くと、会長はこちらをちらりと見て苦笑いを浮かべた。

「……そうだな」

「！」

あんなに兄のことが好きだった会長が、はっきりと認めたことに衝撃を受ける。

「本当に？」

「諦める、というより、自分でも気づかないうちに終わっていたみたいだ」

「……どういうことですか？」

「真と週末に二人で会ってきただろ？　真は今、幸せなのか訊きたかったんだ。あいつを選んでよかったのか……」

「それは……幸せじゃなかったら会長が奪うつもりだった、ってことですか?」

「そんなことも、ふと考えたりもしたが……」

会長はその時のことを思い出しているようだが、穏やかな顔をしている。

「ちょうどあいつらが揉めていた時で、真は幸せそうではなかった。だが、あの馬鹿から奪ってやろうとは思わなかったな」

「え……どうして……」

僕に「情報を寄越せ!」と言ってきた頃の会長なら、春兄とケンカしているチャンスを逃したりはしないはずなのに……。

「真が不機嫌だった理由は、あの馬鹿に心があるからだ。幸せそうに笑っていなくても、あの馬鹿を選んだことに後悔はないのだろうと率直に思った。だから、あいつらが元の鞘に収まったのを聞いて……これでよかったと思った……思えたんだ」

そう話す会長の顔は、寂しそうではあるがすっきりしているように見えた。

でも僕は、兄達カップルの幸せを思うと応援することはできなかったけれど、会長の真剣な想いを近くで見てきたからせつなくなった。

「なんでお前がそんな顔をしているんだ」

「だって……。会長、今まで頑張っていたから、辛いだろうなって思って……」

こうして話してくれるまでに、葛藤や悲しみがたくさんあっただろう。

そう思うと、僕の方が泣きそうになってしまった。

「まあ……そうだな。今まで生きてきた中で一番堪えた。誰にも……特に、真やあの馬鹿に惨めなところは見せたくなかった。よく虚勢を張ってこられたなと我ながら感心する」

……駄目だ。涙腺が緩んできているからか、会長の苦笑いを見ると胸が痛い。

「兄ちゃんは、会長は『誰よりも前を見ている』って……『自分や春兄よりもしっかりしている』って言っていました！」

兄達が仲直りした後、僕は兄からそう聞いた。気休めにしかならないかもしれないけど、会長が頑張っていたことは、兄やライバルの春兄さえ感服させていた。

「僕もそう思います。兄ちゃんの幸せを考えてくれた会長はかっこいいです！」

そう力説すると、会長は僕を見て目を見開き、固まった。

「会長？　…………！」

急に近づいてきたと思ったら……正面から会長に抱きしめられた。突然何!?

「お前がそう言ってくれるなら、気張った甲斐があったな」

「会長……」

びっくりして抵抗しようと思ったのだが、会長がぽつりと呟いた言葉を聞いてやめた。

頑張った会長に免じて、しばらく大人しくしてあげよう。

心が疲れた時は、人に縋りたくなるものだ。

会長がこんなことで癒されるなら、満足するまでやってくれていい。

「……会長、頭をよしよししてあげましょうか？」

「ははっ。お前はそういうところが、お前だよなあ」

会長が脱力したように笑って離れた。母性を求められた気がして提案したのだが、間違っていただろうか。

そう心配になったが、会長は穏やかな顔をしていた。僕も少しは癒しになれたかな？

「まあ、弱音を吐いてしまったが、今は平気だ。今というか、お前が俺の周りをウロチョロし始めた頃から、俺の気持ちが変わったのかもしれない」

会長が少し嬉しそうな表情になったのを見て、元気そうだとホッとしたが……ちょっと待ってほしい。

「会長、今の言葉は訂正してください。僕が会長の周りをウロチョロしたのではなく、会長が僕の周りウロチョロ……なんでもないです」

会長の顔に見慣れた赤鬼の片鱗が表れたので、僕は慌てて話すのを止めた。

やっぱり赤鬼は、少しくらい弱っていた方がいいかもしれない……。

「まったく、お前は……。だが、これからもその調子でウロチョロしていろ」

会長はそう言って、僕の頭に手を置いた。

「人をネズミみたいに言わないでくれます？」

あと、力が強いので、ポンとされた衝撃で脳震盪（のうしんとう）が起きるかと思いました。

「……央、あれはなんだ？」

すっきりとした顔で、のんびり景色を眺めていた会長が何か見つけたようだ。

指差した先には池があり、船着き場に白い乗り物が並んでいた。

「あれは……アヒルボートですね。ははっ、なんかここの景色から浮いてますね」

「行くぞ」

「え。えええええええ⁉」

本気で言ってる⁉　戸惑（とまど）う僕を置き去りにする勢いで会長は池に向かい始めた。

会長の背中がどんどん小さくなっていく——。

「ああもう、行けばいいんでしょ！」

やけくそになりながら走って追いつき、いつもの調子に戻った会長の横に並んだ。

「あれだな」

遊歩道を進んで行くと、前方に池が見えてきた。もっと近づくと、ヨーロッパの街並みには似つかわしくない『キラキラした目、フサフサ睫毛（まつげ）のアヒルボート』があった。

辿り着いてしまった……。このテーマパークになぜこれを取り入れたんだ⁉

「会長、本気で乗るつもりですか？」

止めようとしたが、会長はすでに券売機の前に立っていた。「一人でどうぞ」と伝えようとしたのだが、会長の指は明らかに乗車人数『二人』のボタンを押している。

はあ……どこかに『拒否権』の券売機はないのだろうか。

「まじか……」

「さっさと来い」

受付スタッフのおじさんは、僕達を待ち構えている。

「やめましょうって！　あ、改めて夏緋先輩と来たらどうですか!?」

夏緋先輩、血縁者として責任を取って僕の代わりにこの苦行に耐えてください！

「どうして夏緋と乗らなければいけないんだ。大体、今夏緋はいないだろうが」

「だから！　改めて来たらいいじゃないですか！」

「つべこべ言わずに乗るぞ！」

駄目だ……会長が僕の言うことを聞くはずがない。知ってた。

「仕方ないから乗りますけど、帰ったらもう会長の周りはウロチョロしませんから」

「それは許さん」

「じゃあ、乗るのをやめ――」

「それも許さん」

「拒否権、ほんとにどこかに売ってないかなあ」

会長がおじさんに券を渡し、二人乗りのアヒルボートに乗り込む。

「それでは、三十分経ったらお声がけしますので戻ってきてください」

「三十分⁉」

おじさんの案内に絶望する。三十分もこの羞恥プレイに耐えなくてはいけないなんて！

「土日は二十分なんだけど平日は暇なんでねえ。ゆっくりしていただけるんですよ」

「ほう、それは気が利く」

二十分でいいのに、余計なことを……！　とにかく、この試練を乗り切るしかない。

アヒルボートの足元には、左右二席一続きになっている足漕ぎのペダルがあって、左を漕げば一緒に右も回るような構造だ。

方向操作のハンドルは会長の席についている。

「面白そうじゃないか」

会長がペダルに足を乗せ、ハンドルを握った。

「よし、出航だ！」

イケメン海賊船長の誕生である、愛船はアヒルボート。波はなし。……池だからね。

「あいあいさー」

船長を気取ったのかはわからないが、一応それなりのノリを低テンションで返した。

すると会長は満足したのか、嬉しそうに漕ぎ始めた。……なんだかなあ。

「ふむ、なかなか面白い」

僕は足を乗せているだけだが、繋がっているので会長が漕ぐと勝手に動く。

サボっているが、会長はご機嫌な様子で気がついていない。

元気になってよかったけど、代わりに僕がこの羞恥プレイに耐えることになるとは……。

池は野球ができるくらいの広さで、藻が多いのか水は緑色だ。落ちたら嫌だなあ。

アヒルボートに乗っているのは僕らとあと一組だけだった。

幸い遠い位置にいるので、お互いの姿が目に入ることはないと安心したのだが……。

「よし、アイツを抜くぞ！」

「は？」

もう一組のアヒルボートをロックオンした会長が、猛スピードでペダルを漕ぎだした。

「うおおおおぉっ！」

高速回転するペダルに乗せている僕の足も激しく上下する。何これっ恥ずかしい！

アヒルも尻尾からすごい水しぶきを出し、高速で動き始めた。

「ちょっ……速すぎて危ないですって！　あっちのアヒルもびっくりしちゃいますよ！」

一気に距離が詰まったことで、小さな女の子とお母さんの姿が見えた。

女の子はきゃっきゃっと騒ぎながらこちらを見ていたが、お母さんは顔を顰めていた。

「ほら、ちっちゃい子が乗っているし、迷惑だからやめましょう⁉」

「そうか？　なら、やめよう」

会長にしてはすんなり引いてくれてホッとした。だが、高速で回していたペダルはすぐには止まらないし、速度も落ちない。距離を取るため、会長がUターンするようにハンドルを切った時……ボートが大きく揺れた。

「うわっ」

衝撃で体勢を崩し、会長の方に倒れてしまう。咄嗟に手をついたが……温かい？

「…………あっ」

気がつけば会長の身体に倒れかかっていて、イケメンフェイスが目の前にあった。

黙ったまま、至近距離で見つめ合ってしまう。

「……すみません」

会長と僕の間に、こんなドキドキハプニングはいらないだろ！

そう思いながら、会長から離れようとしたのだが…………あれ？

「会長？」

会長は僕の身体を掴んだまま止まっていた。

倒れてしまったのは申し訳ないが、離してくれないと戻れない。

「早く離してくださいよ。この体勢、結構キツいんですけど」

僕がそう言うと、会長はすぐに解放してくれた。

「ああ……悪い。ちょうどいいから、再確認していた」

「再確認？　なんのですか？」

「そのうち必ず話してやるさ」

ニヤリと笑う会長の笑顔がいつもより眩しく見えてびっくりした。

どんな話なのか余計に気になるけれど……話してくれる日を待つか。

「あと五分ですよ！」

期限の三十分が近づいたようで、受付のおじさんに声をかけられた。

「もう戻りましょうか？」

「いや、最後まで乗るぞ」

「嘘だ……」

絶望する僕に構わず、会長は時間を使い切ってアヒルボートを満喫したのだった。

夏緋先輩、どうして一緒に来てくれなかったんですか……怨みますよ……。

「そろそろ休憩するか」

「あ、はい！」

会長なのに気が利く！　ちょうど喉が渇いたと思っていたところだった。

先にある開けた場所にカフェワゴンが見えたので早速向かう。

水色のワゴンには、小鳥や花のシルエットが描かれていた。カウンターにカラフルなフラッグガーランドがかかっている可愛いお店だ。

「いらっしゃいませ」

店員のお姉さんも笑顔が可愛らしい人で、僕は女子力の高いカフェに少し尻込みしながらも、黒板に丸文字で書かれたメニューに目を向けた。

どれにしようか選んでいると、会長がまた妙なものに目を奪われていた。

南国フルーツのトロピカルなジュース、グラスの縁にはオレンジや花の飾り、刺さっているストローは途中でくるんとハート形に曲がっていて飲み口が二つ。

いわゆる『恋人飲み』をするジュースだ。

「お願いですからやめてください」

「……まだ何も言ってないだろう」

「またガン見してるじゃないですか！　頼む気でしょ！」

好奇心旺盛なのはいいが、僕を道連れにするのはやめてください。

「お友達で飲まれる方もいますよ。お一人で挑戦される方もいらっしゃいますし」

「ほう、そうなのか」

会長がちょっと悩んでいる様子だったのに、お姉さんが素晴らしいお仕事をしてきた。

すっかり頼む気の顔になってしまっている。

「駄目か？　嫌なら、お前は別で頼めばいい」

「えっ」

わざわざ会長が聞いてくるなんて驚きだ。嫌だと言いづらい。

「……お好きにどうぞ」

そう返すと満足したようにニヤリと笑い、意気揚々と注文していた。結局こうなるのだ。

「一緒に飲みますけど、僕のストローは普通の真っ直ぐなやつにしてください」

「譲歩しよう」

また奢ってくれたことはありがたいけれど、『譲歩』という言葉にはイラッとした。

「うん？」

ジュースを受け取った会長と、近くにあったテーブル席に移動していると、マナーモードにしてある僕のスマホが振動した。

ポケットから出して見ると、夏緋先輩から『大丈夫か？』とメッセージが入っていた。

「おい、今はそれを置いておけ」

スマホを触る僕を見て、会長が顔を顰めている。

「すみません。でも、夏緋先輩からメッセージが来ていたんで、返信したいんですけど」

「夏緋から？」

会長の眉間の皺が一層深くなる。

「余計に放っておけ。……いや、連絡してやろう。央、こっちにこい」

「？」

手招きで呼ばれたので、大人しく従う。

会長の前に立てと言われたのでその通りにすると、後ろから引っ張られた。

後ろに転びそうになった僕は、自然と会長の太ももの上に座ってしまうわけで……。

「すみません！　……っていうか、会長が引っ張るから倒れたじゃないですか」

「そのまま座っていろ。あとスマホは俺に渡してお前はこれを持て」

パパッとスマホを奪われ、ジュースを渡された。

なんで？　と思っているうちに、会長は僕のスマホの内カメラを起動させた。

「ちゃんとレンズを見ろよ」

「はい？　なんですかこれ？　バカップルごっこですか？」

「はは！　そうだな」

会長がとても楽しそうにシャッターを押す。そうして、きょとんとしながら恥ずかしいジュースを持っている僕と、笑顔の会長の写真が撮れたわけだが……。

「悪い顔して僕のスマホを操作していますけど、変なことをしないでくださいよ？」

「夏緋に今の写真を送るだけだ。よし……これでいい。しばらく電源は切っておけ」

「ええ……」

まあ、夏緋先輩なら会長の強引さを知っているし、後で事情を話せばいいか。

「会長。家に帰ったら、夏緋先輩にあの恥ずかしいジュースは会長が頼んだって、ちゃんと説明しておいてくださいよ？」

「ああ。色々説明しておく。任せておけ」

「大丈夫かなあ……」

「……結構時間が経ったな。そろそろ街並みを通って帰るか」

ニヤリと笑う会長を見ると、不安しかない。明日、僕からもちゃんと説明しよう。

雑談をしている間に、あの大量のジュースを飲み干した会長が立ち上がった。

「そうですね」

早めに帰らないと暗くなって、兄に心配をかけてしまう。

僕達は再び出口に向けて歩き始めた。

「会長、今日は連れて来てくれてありがとうございました」

兄のために調べた場所なのに、一緒に来たのが僕なのは気の毒だけれど……。

僕は会長と来ることができて楽しかった。

「俺の方こそ、礼を言わなければな。お前と来ることができてよかった」

そう言った会長の笑顔は来た時とは違い、すっきりとしていた。

会長とのお出掛けから帰った僕は、自分の部屋に入ると倒れるように寝た。
ごはんも食べず、そのまま眠り続け、目覚めたら朝になっていた。

「とにかく、お風呂に入ろ」

脱衣所にあった洗剤のパッケージがアヒルのイラストだったので、昨日の葬り去りたい記憶が蘇ってきたが、汗と一緒に流してきた。

「央、オレはもう出るよ。ごはんは昨夜の分ならテーブルの上にあるし、パンの方がよかったらいつものカゴにあるからね」

身体を拭いていると、もう登校する様子の兄に声をかけられた。
そういえば今日は、久しぶりにテニス部の朝練に出ると言っていた。

「はーい、行ってらっしゃい」

「あと、楓が来たよ。リビングで待ってもらってるから」

「え？　こんな時間に？」

いつもの僕なら今が起床時間だ。早すぎると思うが、待ってくれているようなので、髪は濡れたままで首にタオルをかけ、急いでリビングに向かった。

「おはよう」

リビングに行くと、楓がソファに座ってテレビを見ていた。

「おはよ。今日こそはあの子に勝ったでしょ？」

「勝ったけどさあ。早すぎ！」

麦茶を入れ、飲みながら隣にドカッと座る。

一気に飲み干していると、楓がジーッとこちらを見ていた。

「なんだよ」

「べ、別に、髪が濡れてるなって思っただけ！」

「そりゃ、お風呂に入っていたからな」

楓が顔を赤くしてそっぽを向いたが、何を照れているのだ。「じゃあ……次、お前入れよ」な展開が待っているわけでもないのに。

お風呂系のそういう話でいうと、楓は順番で入るというより、相手が入っている間に乱入して誘惑（ゆうわく）するのが似合いそうだ。まさに魔性（ましょう）の誘い受けである。

相手はエロ担当の柊（ひいらぎ）がいい。「イケナイ子だ、お仕置きしよう」なんて言っているのが目に浮かぶ。

「ちょっと、また変な顔になってるよ？　これ、持ってきてあげたから」

おっといけない、朝から腐（ふ）の思考が絶好調で顔に出てしまったようだ。

気を引き締めつつ楓の横に目を向けると、学校に置いてきてしまった僕の鞄があった。

「持ってきてくれたのか」

「全部置いていったから、財布とかも入っているでしょ？」

「そうなんだよ。サンキュ！」

クラスに悪いことをするような奴はいないが、気になっていた。

楓が預かってくれていたなら安心だ。

「あ、楓。コーヒーでも飲む？」

まだ時間はあるし、朝食を食べるついでに楓にコーヒーを淹れよう。

「うん。ちょうだい」

「ブラックだよな」

なんて言いながら、楓と仲良くなった頃のことを思い出していた。

兄に失恋したばかりの楓に、うっかり兄カップルのラブラブ情報を話し、泣かせてしまったんだよなあ。そんなに昔のことでもないのに、妙に懐かしい。

「……甘いのがいい。カフェオレにする」

「ん？　なんで？」

「誰かさんのがうつったのかなあ」

「はあ？」

以前、兄の真似をして飲んでみたけど駄目だったと言っていたのに、なぜこんなところで再チャレンジをするのだ。

「今の……気がついてもいいところだと思うけど？」

「うん？」

「なんでもない！　早く淹れてよ」

「はいはい。仰せのままに」

ソファからテーブルに移動してきた楓に、甘さ控えめにしたカフェオレを出してやる。

すると、長い袖から指だけ出ている状態でカップを持ち、「美味しい」と言ってちびちび飲み始めた。この愛らしさは女子が束になっても太刀打ちできそうにない。

「ねえ、アキラ。昨日、会長とどこに行ってたの？」

温めたごはんを食べ始めていると、楓が少し不機嫌そうに訊いてきた。

「あれ？　なんで会長と出掛けたことを知ってんの？」

「クラスの奴が言ってたよ。会長に引きずられていたって」

「うわあ……」

「……で、どこに行ってたの？」

「んー……遊びに？」

「ボクも行きたいって言ったのに！　釣りの時に頼んだこと忘れちゃったの!?」

そういえば言われたなあ。でも、昨日は楓に声をかけている余裕はなかったし、会長が楓を連れて行ってもいいと言うとは思えない。

「いや、昨日は無理だったんだよ。代わりに明日は土曜だし、昼からどこかに行く？」

機嫌をとるために代替え案を出すと、楓の顔がぱあっと明るくなった。

「行く！　どこでもいいけど、二人きりでね！」

「わかったよ。僕、ゲーセンに行きたいんだけど」

「いいよ！　でも、絶対に二人だからね⁉　変更はなしだからね！」

「わかったって」

明日の予定が決まったところで、インターホンが鳴った。恐らく雛だろう。食べているので動くのが面倒だが、無視するわけにはいかない。

玄関のドアを開けると思った通り雛が現れた。

そして、楓の靴があるのを見てがっくりと肩を落とした。

「負けたあ」

「いい加減に競うのをやめてくれよ。僕はまだ食べているし、上がって待ってくれ」

雛を引き連れてキッチンに戻り、食事を再開する。雛はまるで自分の家のようにカップを取り出し、紅茶を淹れると僕の隣に座った。

「おはよう楓君。明日は負けないからね！」

「明日は土曜日だし」

「あっ！　げ、月曜日は負けないもん！」

「だから競うなって！　これからは七時半より前に来ても開けないからな」

そう宣言すると、二人揃って不満げな顔をしたが抗議は受けつけない。

「じゃあさ、アキラ。ボク、今日はここに泊まりにきていい？」

「ええっ!?　そんなのずるい！　駄目よ！」

「ボクはアキラに訊いてるの！　外野は黙っててよ」

「アキ、駄目よね!?」

雛が鬼気迫る表情で詰め寄ってくるが、楓は友達だし、泊まりにくるくらい構わない。

「別にいいけど。明日は遊びに行く予定だし、ちょうどいいかもな」

「そんな……！　じゃあ私も一緒に泊まって遊びに行きたい！」

「お前は駄目だろ。男ばかりの家に、女の子一人で泊まりにくるのはどうかと思うぞ？」

いくら幼なじみだといってもお互い高校生だし、子どもじゃないんだからまずいだろう。

「うー……。じゃあ、遊びに行くのは一緒に……」

「駄目！　絶対駄目！」

「楓君に聞いてないもん！」

「ボクが駄目って言ったら駄目！」

朝からうるさい奴らだ。皆で仲良くすればいいじゃないかと思うが、今回は楓と約束したから、雛には我慢してもらうしかない。

「明日は楓と二人で遊ぶから、雛はまた今度な」

「えええええ!? そんなあ……」

「ふふんっ」

勝ち誇った顔をする楓を見て、雛は悔しそうにしている。その後もずっと雛はむすっと拗ねていたけれど、楓は「大勝利！」と喜んでいた。子どものケンカか。

授業が終わり、放課後になると僕はすぐ家に帰ってきた。

楓が泊まりにくるから準備をしようかと思ったが、兄のおかげで普段から家の中は綺麗だし、僕も部屋を片付けている。

兄に楓が泊まりにくることは伝えたし、特にすることはなかったので、一旦家に帰ってから来るという楓をのんびり待っていよう。

少し昼寝でもしようかなと思っていると、インターホンが鳴った。

玄関のドアを開けると、私服に着替えた楓が立っていた。

「お、お邪魔します……」

楓はなぜか緊張しているのか、そわそわしながら家に上がってきた。

「どうぞー。荷物、僕の部屋に置きに行くか」

「あ、うん」

そういえば楓が部屋まで来るのは初めてだなあ、と思いながら案内する。

「へー……ここがアキラの部屋かあ。片付いていて綺麗だね！」

「まあな。荷物は適当に置いてくれ」

「うん」

「リビングに行く？　ここならゲームあるけど」

「ゲームはどっちでもいいけど、ここにいたいな」

「了解。ジュースを持ってくるよ」

部屋に楓を残し、キッチンに向かう。ジュースとお菓子を調達して戻ると、楓はちょこんと床に座っていた。そんな姿が可愛いが、やっぱり妙に緊張しているように見える。

「もっと楽にすればいいのに。別にベッドに座ってもいいし、寝転がってもいいぞ」

「えっ！」

楓がびっくりしているが、別にあっちのベッドのお誘いではないぞ？

「じゃあ、部屋を見てもいい？」

「おう。好きにしろ」

ゲームと漫画くらいしかないのだが、楓が何やら楽しそうに部屋を見ているので、僕はお菓子を食べてのんびりする。

楓と雑談しながらそんな時間を過ごしていると、夕方になって兄が帰ってきた。

「あ、真先輩に挨拶したい」

「それなら、リビングに行くか」

下に行くと、兄はキッチンで買ってきた野菜を冷蔵庫に入れていた。

「真先輩、お邪魔してます！」

楓は緊張しているのか、ピシッと真っ直ぐ立っている。思わず膝カックンしてやると睨まれた。緊張を解してやろうという気遣いなのに！

「楓、いらっしゃい。お腹空いた？　すぐにごはんの準備をするから待っていてね」

「ボク、手伝います」

僕を置いて、テニス部の先輩後輩は楽しそうにキッチンに立っている。僕も一応手伝おうとしたのだが、戦力外通告を受けたので大人しく見守った。

二人が仲良く料理している姿は、癒しそのものだった。兄が春兄ではなく楓を選んでいれば、こういう光景が日常になっていたのかもしれないと、ふと思う。

いつもよりも豪華な夕食をすませて順番に風呂に入った後は、僕の部屋で楓とゲームをした。

パズルゲームで白熱した対戦をしていると、パジャマ姿の兄が部屋を訪ねてきた。

「せっかくだからリビングに布団を敷いて皆で寝ない？　オレも入れてほしいな」

もちろん僕は賛成だ。楓も憧れている兄がいたら嬉しいと思うが、逆に緊張するかな？　目で「どうする？」と楓に聞いてみると、快く頷いてくれた。

「じゃあ、ゲームを片付けたら行くよ」

「ありがとう。下で待っているね」

ゲームをやめ、寝る準備をしてリビングに行くと、兄が支度を済ませてくれていた。布団を三つ並べて敷いている。修学旅行みたいでテンションが上がった。

「楓は真ん中な」

「いいけど……なんで？」

「川の字になって寝るんだから、一番短い棒は一番背が低い楓に決まっているだろ？」

「また央は妙なこと言って。楓、好きなところでいいよ」

兄から変な奴扱いされて悲しい。

拗ねた僕は、さっさと左端の布団に潜ってやった。これで二択だ。

「……ボク、真ん中にします」

「やっぱりそうだろ？　僕と兄ちゃんに挟まれるなんてレアなんだからな！」

楓は兄と並んで寝たいだろうけど、緊張するかもしれない。でも、僕も隣にいたら多少緩和できると思う。この心遣いとおもてなしの精神が素晴らしいだろう。

「はいはい。わかったから。二人は明日、遊びに行くんでしょ？　だったら、そろそろ寝た方がいいよ。電気消すよ？」

え、消灯が早い！　もっと修学旅行のテンションを楽しみたかった……。

より一層拗ねた僕は、布団をかぶってふて寝をすることにした。隣の布団に楓が入ると電気は消え、暗闇に包まれた。

ベッドではない、久しぶりの布団が心地よい。すぐに眠るにはもったいない気がするが、瞼はもう開きそうにない。……おやすみなさい。

――チッチッチ。時計の針の音が大きく響く。

天地家のリビングから灯りがなくなり、十分ほど時間が経過していた。

「楓、起きてる？」

「……真先輩？　はい、起きてます……」

チッチッチ、という音が再び大きく聞こえる。

起きていると返事があったのに、それに対する言葉はなく、しばらく静寂が続いた。

「……央は寝ているね」

……なんて兄が言うが、僕は起きました。ウトウトしていたけれど、二人の話し声で起きましたが！　……とはいえ、頭はボーッとしていて、すぐにでもまた眠れそうだ。

「ねえ、楓は……央のことが好き？」

「………えっ」

え！　楓と同時に声を出しそうになり、慌てた。これは一体なんの話だ？

「ごめんね、突然こんなこと訊いて」

「いえ、大丈夫、です……。えっと……」

背中を向けていても、楓がとても緊張しているのが伝わってきた。

特別な意味で好きか、と訊いていたようだけど……楓が僕を？　まさか……。

「好き、です」

「…………っ！」

楓の言葉を聞いて、飛び起きそうになったが堪えた。起きているとバレるのはまずい。

「……そっか」

呟く兄の声は穏やかだった。しばらく静かになり、兄はまた口を開いた。

「ごめん、意地悪なことを言うよ？　……央を、オレの代わりにしてない？」

「！　ボクは……」

楓が息をのんだ。兄にフラれ、次に兄に似ている僕を好きだと言っているのだから、兄の疑問もわかる。僕もそうなのかな？　と思ってしまったのだが……。

「してません」

そう答えた楓の声に、迷いは全くなかった。

「よかった。央を見てくれていて……。ごめんね、オレは自意識過剰だったかな？」

「そんなこと……！　ボク、本当に真先輩が好きでした」

「過去形になったんだね」

「……はい」

二人の間には和やかな空気が流れているが……僕は絶賛混乱中です。楓が？　僕を？

「央は色んな意味で手強いよ？」

「ふふっ、そうですね。わかってます」

「そっか。……起こしちゃってごめんね。もう寝ようか。おやすみ」

「はい。おやすみなさい」

再び時計の音が響く静寂が戻ってきた。しばらくすると、二人の気持ちよさそうな寝息も聞こえてきたが……。

こんなこと聞いちゃったら、僕は全然眠れませんけどっー!!

「やっぱり全然眠れなかった……」

りとしている。

朝が弱い僕は、普段から寝起きは不機嫌なことが多いのだが、今日はいつもよりどんよりとしている。


どう考えてもあの会話は、「楓は僕のことが好き」という内容だった。

好かれているのはわかっていたが、恋愛相手としての好意だとは全く思っていなかった。

直接告白されたわけでもないし、何かしなければいけない、というわけではないが……。

とにかく、急によそよそしくなってもおかしいから、あまり意識しないようにしよう。

そんなことを考えていると、キッチンの方から賑やかな声といい匂いがした。

どうやら兄と楓が朝食を作っているようだ。

「あ、この匂いは……！」

期待に胸を躍らせてキッチンを覗くと、テーブルに期待通りのものがあった。

「ホットサンド！」

「あ。アキラ、おはよう」

「おはよう。今日の朝食、央の分は楓が作ったんだよ」

「そうなんだ？　美味しそう！」

兄が作ったのと変わらない僕好みの焼き色がついたホットサンドだった。

「真先輩に教わったんだ。アキラの好みも聞いたから、美味しいはずだよ」

「へえ。なんかお前、姑に料理を教わっている新妻みたいだな」

「よ、嫁じゃないし……」

そう言いながらも照れているようで顔が赤い。昨夜の話を聞いてしまったから、『嫁』とかあまり言わない方が良いのだろうか、なんて考えてしまう。

楓が作ったホットサンドは、文句なしで美味しかった。

今は心中複雑なところはあるが、絶対良い嫁になるなと確信した。

朝食を食べ、身支度をすませた僕達はゲーセンがあるアミューズメント施設に向かった。

「楓、機嫌が良いな」

楓はスキップを始めそうなほど楽しそうに歩いている。

「うん！　アキラは体調でも悪いの？　なんだかどんよりしているけど」

「え、別に？」

体調が悪いわけではないが、やっぱり「楓が僕を好き」ということが気になってしまう。意識しすぎて何を話していいのか、わからなくなってきた。

戸惑いながらも適当に返事をしながら歩いていると、目的地のゲームセンターに着いた。

土曜日ということもあり人が多い。楓と一緒に、気になったゲームで遊んでいく。

……ゲームをしていると気がまぎれていいな。

気まずさを吹き飛ばすようにゲームに熱中して遊んでいると、時間は早く過ぎた。

「あ。もうこんな時間だ。ねえ、アキラ。最後に観覧車行こ！」

「はいはい」

楓に引っ張られるようにして観覧車に行くと、こちらも混雑していた。

しばらく待つことになりそうだが、楓は乗る気満々だ。仕方なく最後尾（さいこうび）に並ぶ。

三十分くらいは待つかなと思っていたのだが、案外早くて十五分ほどで僕達の番が回ってきた。足取りが軽い楓が先に入り、僕は後に続いた。

向かい合う座席にそれぞれ腰掛（こしか）ける。待っている間は人が多くて騒々（そうぞう）しかったが、一気に静かな空間になったことに戸惑ってしまう。

僕に好意を持っているという楓と二人きりだから尚更だ。今更（いまさら）だが、何を話したらいいのかわからない。観覧車のモーター音だけが響く、静かな時間が流れた。

「ねえ、アキラ」

「んー？」

「夜、ボクが真先輩と話していた時、起きてた？」

「…………え？」

予想外の質問にドキリとした。

「寝ていた」と嘘をつくのも気が引けるし、「起きていた」と白状するのも勇気がいる。

どう返事をするものかと焦（あせ）っていると、楓が声を出して笑った。

「アキラって本当にわかりやすい。まあ、そういうところも好きなんだけど」

好き、という言葉を直接投げられて、ドギマギした。

今までとは違い、恋愛としての『好き』だとわかったから困る。

「そっちに行こっと」

楓はそう呟くと、僕の隣に移動してきた。

「狭いだろ。片一方に寄ると傾くし」

密着すると、妙に恥ずかしくて居心地が悪い。反対の席に逃げようとしたのだが……。

「駄目」

腕を両手でギュッと摑まれて、動けなくなってしまった。

「お前な……」

僕の腕にしがみつき、肩に頭を置いている。付き合いたてのカップルか！

誰かに見られているわけではないが、さすがにこれは恥ずかしい。

「離れろよ」

「やだ」

言うことを聞くつもりはないのか、更にぎゅっと力を入れて腕を組まれた。

その上、猫のように頭を擦り寄せてくる。「どうすればいいんだ……」と途方に暮れていたら、目の前で光る天使のような金髪に目が留まった。

綺麗だなあと思っていると、こちらを向いた楓と目が合った。……近い。楓の宝石のような赤い瞳は揺れているし、少し色づいた頰と化粧をしていなくても仄かに色づいた唇が近づいてきて……って、近づいてる⁉

困惑している間に、楓の顔はもう息がかかる距離に――。

何をされるかわかったから、思わず耐えるようにギュッと目を瞑った。

次の瞬間、予想していた温かい感触がした。……僕の頰に。

「アキラ……好き」

耳元で呟かれた言葉に、大きく心臓が跳ねた。

思わず目を開けると、まだ間近にある楓の顔は、悪戯が成功した子どものようになった。

「唇にすると思った？」

……思いました。今の流れだと、絶対口にされると思った。

それに耐えようと狼狽えていた自分が恥ずかしい。顔が赤くなるのがわかる。

「お前なあ……！　離れろ！」

「あははっ」

弄ばれて腹が立つ！　乱暴に引き剝がし、反対席に避難した。

なんという質の悪い猫だ！

「口にしてもいいいんだったらしちゃうけど？」

「駄目だ！　絶対に！」

「うん、まだ我慢してあげる」

「『まだ』って……」

僕の方が狼狽えて、楓の方が堂々としているのはなぜだ。

普通は告白する方がドキドキするものじゃないのか⁉

「ねえ、気持ち悪かった？」

「はあ？　何がっ！」

僕ばかりがあたふたさせられ怒ったのだが、なぜか楓はきょとんとした後に笑いだした。

「ははっ！　『何が！』だって。……よかった」

何がよかったのだ。僕は何一つよくない。告白されたのは初めてなのに、からかわれるなんて拗ねる権利があると思う。

そう思いながら外の景色を睨んでいると、楓が静かに話し始めた。

「……ボクね、色んなことを考えたんだ。アキラとあの子は幼なじみだし、お似合いだし、アキラも女の子といる方が幸せかもしれない。自分の気持ちを伝えても、気持ち悪がられて嫌われるくらいなら、今のままでいいかな、とか……。でもボク、我慢するのは嫌いなんだよね。後悔したくないし」

楓らしい考えだな、と思った。でも、僕はやっぱりどう反応すればいいのかわからない。

「アキラ、困ってるね」

景色を見ている僕の顔を覗き込んで楓が笑った。

「そりゃ、困る……っていうか、困惑はするだろ。普通……」

「そうだね。アキラがボクのことを意識していないのはわかっていたよ。でも、これからしちゃうでしょ？　ボク頑張るから……」

せっかく避難していたのにまた隣に座られ、狭い状態に戻ってしまった。

逃げようと反対側に移ろうとしたが、さっきと同じように腕を掴まれ……。

「だから、ボクを好きになってね」

「………っ！」

間近で微笑を向けられ、不覚にもときめいてしまった。なんという恐ろしい奴……！

「それは……返事に困るんだけど……」

「今はしなくていいよ？　覚悟していてね！」

そう言いながら、楽しそうに笑う姿も可愛くて困る。

でも、僕はＢＬにならない……ならないからなっ！

心の中で叫びながら観覧車を降りたのだった。

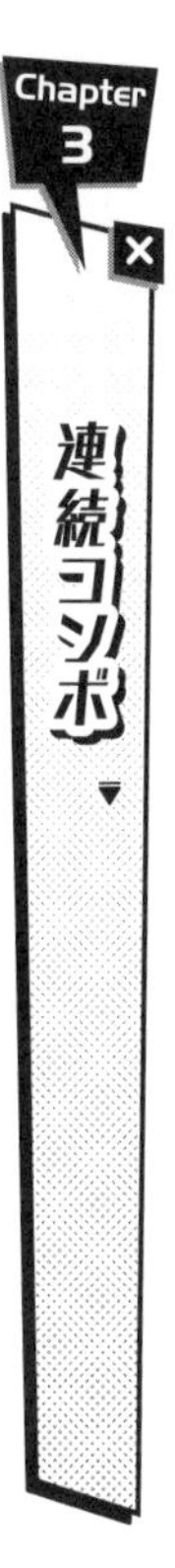


爽やかな日曜日の朝。目覚めてカーテンを開けると、青空が広がっていて清々しい。

……どんよりモヤモヤしている僕の頭の中とは大違いだ。

原因は昨日の楓による『告白テロ』だ。

あれからずっと、この件をどうするかで頭がいっぱいになっている。

「はあ……。気分転換に出掛けてくるか」

僕に今必要なのはリフレッシュだ。すぐさま着替え、朝食も食べずに家を飛び出した。

日曜の朝八時過ぎとあり、人の姿はまだ少ない。車もあまり通っていない。

昼間とは違い、静かな通りを歩くのは気持ちがいい。行く当てもなく歩いていたが、とりあえずこの時間でも開いているハンバーガーショップへ向かうことにした。

「ん？　あの子……！」

快調に歩いていたら、前方にやたらと目を惹く子がいた。白銀の髪は輝いていて、後ろ姿でも美少年だとわかる。

「深雪く〜ん！」

駆け寄りながら呼びかけると、すぐに振り返って眩しい笑顔を見せてくれた。

「あきらさん！　こんな朝から会えるなんて嬉しいです！」

可愛い！　圧倒的癒し！　感動の再会を祝してハグしたかったけれど、白兎さんにバレると僕の人生ジ・エンドなので両手でぎゅっと握手するに留めた。

深雪君は中学生で、クラスメイトの野兎愛美――白兎さんの弟だ。

意外に手は男の子らしかったので、白兎さんから聞いた『深雪君はいずれ長身のイケメンになる』という情報を思い出した。

攻めへの転身が約束された儚げ王子な美少年……なんて美味しいんだ、国の宝じゃん！

「あきらさんはお出掛けですか？」

「散歩、かな。深雪君は？」

「おれは塾です！」

深雪君は身体が弱くて学校を休みがちだったため、塾で頑張って勉強しているらしい。

「絶対に華四季園に入ります！　あきらさんの後輩になりますね」

「うん！　待ってるよ」

笑顔を向けると、深雪君も尊い笑顔を返してくれた。可愛いっ！　このままでいてほしい気持ちも捨てきれない……今の深雪君を網膜に刻んでおこう。

深雪君が通っている塾とハンバーガーショップは同じ方向なので、一緒に歩きながら向かうことにした。

「あきらさんに会えて嬉しいです。会いに行きたかったんですけど、姉さんが許してくれなくて……。こっそり行こうとしても見つかっちゃうんです」

あの白兎さんを出し抜くのは至難の業だろう。今でも深雪君をBLにさせないため、BLゲームの主人公である僕に近づけないように画策しているはずだ。

「どうして邪魔するんだろう。あきらさんは何か知っていますか？」

「えーと……どうしてかなあ？」

「理由も教えてくれず、あきらさんと会うな、なんて理不尽です。大体、姉さんはいつも、おれの話をちゃんと聞いてくれない……」

「そうなの？　深雪君は他にも何か、白兎さんに言いたいことがあるの？」

「白兎さん？　姉さんのことですか？」

「あ、うん。僕が勝手にそう呼んでいるんだけど……」

そう言うと、深雪君の顔がパアッと明るくなった。

「そんな可愛い呼び方をしてくれているんですね！　嬉しいです！　姉さん、本当はとっても可愛い人なんです！　毎日飲んでいるプロテインだって苺味なんですよ！」

「そ、そうなんだ……」

『毎日飲んでいるプロテイン』が気になったけど、触れないでおこう。

「これ、見てください」

手渡されたのは写真だ。いつも持ち歩いているのか、皺が入って少々くたびれている。

そこには五歳くらいの少女が写っていた。銀の髪に赤い目、陶器のような白い肌。

華やかなワンピース姿の美しい幼女だ。大人になったら絶世の美女になるだろう。

「これ、姉さんなんです」

「へえ、すっごく可愛い……え。え？　……ええええ!?」

この美幼女が白兎さん!?　今の白兎さんとの違いに驚いたが、よく見ると面影がある。

「多分、こっちが本来の姉さんなんです。おれ達、あまり身体が丈夫な家系じゃないから、無理に食べて、無理に鍛えているような気がして……。逞しい姉さんもカッコ良くて好きだけど、身体を壊さないか心配です。自然な姿の姉さんを見てみたいですし……」

「その希望は本人には言ったの？」

「……言えないです。詳しくはわからないですけど、姉さんが鍛えて強くなりたいのは、僕のためみたいだし……」

白兎さんと深雪君は、お互い大切な存在で想い合っているのにすれ違っているようだ。

何か話し合うきっかけができればいいのだが……って、殺気っ!?

突然、背後に恐ろしい気配を感じて振り返る。

　すると、そこには歴戦の猛者のような顔をした白兎さんが立っていた。

「姉さん⁉　どうしてここに？」

「お弁当、忘れていたから……」

　近寄ってきた白兎さんが、弁当と水筒が入っているバッグを深雪君に差し出した。

「天地君……」

　僕に向ける目に不満が表れている。言いたいことはわかっています……。

「深雪はもう塾の時間でしょう？　早く行きなさい」

「でも……」

　深雪君は僕と白兎さんを二人にすることを心配しているようだ。大丈夫、さすがにボコボコには……されないよね？　そう信じて、ちょっと白兎さんと色々話をしたい。

「深雪君、さっき話したこととか、僕から白兎さんに訊いてみるよ」

　こっそりそう伝えると、深雪君は笑顔を見せ、小さく頷くと塾の方へ歩いて行った。

「白兎さん、ちょっと話せる？」

「……はい。私からも言いたいことがあります」

　内容は察しがつくが、無事了承を得たのでひとまずよかった。

　ハンバーガーショップに着くと、お腹が空いていた僕はセットを注文したが、白兎さんは何も頼まなかった。奢ると言ったのだが、断られた。ちょっと悲しい……。

飲食フロアになっている二階に上がり、空いている四人席に向かい合って座る。休日の朝なので席はほとんど空いていた。僕達の周りには誰もいない。

「早速ですけど、深雪には近づかないでください」

座ってから一息つく間もなく、想像していた通りの本題を切り出された。

「本当に早速だな！　僕、朝ごはんを食べたいんだけど……」

「勝手にどうぞ」

言い方が冷たくて泣きそうになったけれど、了承を得たので失礼して食べ始める。

「あのさ、僕は深雪君をそういう対象にしていないから」

「あなたはそうでも、深雪はどうなるかわかりません。ここはＢＬゲームの世界ですから」

「確かに、そうなんだけど……。一度深雪君と話し合ってみたら？　僕のことはお兄ちゃんとか、先輩として慕ってくれていると思うよ？」

「だから、今はそうでもどうなるかわからないじゃないですか。私が守らなきゃ……」

「深雪君、白兎さんは理不尽だって言っていたよ」

「え……」

白兎さんが僕を見て固まった。ショックだと思うけど、これは伝えた方がいいだろう。

「深雪君をＢＬから守る、っていうのは白兎さんの自己満足になってない？　それが深雪君を傷つけているかもしれないよ？」

僕の言葉を聞いて、白兎さんは俯いた。やっぱり、厳しいことを言うのは心苦しいな。

「深雪君は、白兎さんのことを心配していたよ」

「あの子が私の心配を……？」

「うん。身体が丈夫じゃない家系なのに、無理して鍛えているんじゃないか、って。あと、白兎さんの小さい頃の写真を見せてもらったよ。こっちが本来の姉さんの姿で、とっても可愛いんだよ、って嬉しそうに話してくれた。本来の姿を見たいんだって」

「深雪が、そんなことを……」

白兎さんは深雪君の想いを初めて知って、とても困惑しているようだ。

「今の白兎さんが嫌だって言っているんじゃないよ？　無理をしているように見えるから、心配なんだと思う。僕の目にも白兎さんは、いつも張り詰めているように見えるな」

白兎さんは、僕の話を静かに聞いている。真剣に受け止めてくれている様子だ。

「深雪君はきっと、もっとたくさん白兎さんの笑顔が見たいんだよ。それに、『守られるだけ』っていうのは、辛いと思うな。話し合ってみたら？」

そうすればきっと、深雪君の僕に対する気持ちも、どんなものかわかるはずだ。

「……わかりました」

頷いて顔を上げた白兎さんの表情は少し柔らかくなっていた。

「確かに、私も意地になっていたところがあります。深雪と話し合ってみます」

「うん。それがいいよ」

僕と兄も、青桐兄弟も、白兎さんと深雪君も、兄弟は仲良くしていてほしい。

大事な話がすんだので、改めて白兎さんにデザートでも奢ろうとしたのだが、再び断られてしまった。そんなに僕に奢られるのは嫌ですか？

気まずく一人食べ終わり、白兎さんと一緒にハンバーガーショップを出た。すると、僕達の前に小柄な人影が飛び出してきた。

「姉さん！」

「深雪⁉　どうしてここに！　塾は……？」

「姉さんとあきらさんのことが気になって、後をこっそりつけてきたんだ」

怒られることを覚悟しているのか、深雪君は俯いている。

そんな様子を見て、白兎さんは溜息をつきながらも微笑んだ。

「塾から帰ったら話そう。深雪の話も聞くから」

白兎さんの言葉に、深雪君は目を見開いた。そして、だんだん笑顔になって――。

「あきらさん、ありがとうございます！　やっぱりあきらさんはすごいや！」

そう言って深雪君が飛びついてきた。僕は笑顔で受け止めたが……白兎さんがすごい顔で睨んでいる。あの、これは違うんです……！

とにかく、姉弟でよく話し合ってください！

日が昇り、鳥の声が朝を告げる。チュンチュンという鳴き声を聞いて、「これが本当の朝チュン……」なんて思っていると周りが騒々しくなってきた。

車の音も多いが、何よりうるさいのは元気な二名の声だ。

天地家の開門時間として指定していた七時半になり、謎の競い合いをしている楓と雛は揃って姿を現した。

ドアの向こう側で何やら言い争っている。このまま放っておこうかな？　と思ったが、近所迷惑になるので渋々開けると、すぐに楓が飛びついてきた。

「アキラ、おはよっ！」

「楓君!?　ちょっと、何してるの！」

早速うるさいし、飛びつかれた時に楓の頭が顎にクリーンヒットした。痛む顎を擦りながら楓を引き剝がす。

「朝から騒ぐなよ。っていうか、揃って七時半ぴったりに来るなよ」

「だって、アキが七時半ならいいいって言ったんだもん！」

「そうだよ。アキラが言ったんだからね」

文句を言う時は揃うという、癇に障るこの現象……。溜息をつきながら、リビングでもう少し待つように頼んだ。まだ、僕は朝食の途中だ。

テーブルに戻ると、楓が小さな紙袋からお弁当サイズのバスケットを取り出した。すごく良い匂いがする。これは……！

「アキラの好物のホットサンド、家でも作ってみたんだ。食べて」

「やったー！　ありがとうな。でも、もっと早くわかっていたらなあ」

もう兄が作ってくれた朝食を食べているので、お腹は膨れてしまっている。

「じゃあ、明日からもっと早く来ていい？」

「それは駄目。帰ってから食うよ」

舌打ちをしながら「作戦失敗かあ」なんて呟く楓。

これを餌にして早い時間に来る許可を取るつもりだったとは……策士め。

「ねえ……それ、何？」

雛が僕の手にあるバスケットを睨んでいる。

「ホットサンド。僕の好物」

「真先輩に教わって、アキラの好みもちゃんと把握してるんだあ」

楓は腰に両手を当て「どうだ！」と得意げに胸を張っている。

「……真兄」

「…………っ！」

雛の低い声が響くと、こっそりリビングを出ようとしていた兄の足が止まった。

後ろ姿しか見えないが、とても動揺しているように見える。

「真兄」

雛が再び諌めるような声で兄を呼んだ。兄にこんな態度を取るなんて何事だ？

「ひ、雛にも今度教えてあげるから！　じゃあ、いってきます！」

振り向いた兄の顔には、貼りつけたような笑みがあった。

そして、都合が悪いのかそそくさと去っていった。あんな兄の様子も珍しい。

「兄ちゃん、どうしたんだ」

「真兄……許すまじ……」

雛は兄が出て行った扉を睨んでいる。

何があったのか知らないが、ブラコンとしては黙っていられない。

「雛、兄ちゃんを虐めたら僕は怒るぞ？　天地家出禁にするからな」

ジロリと目を向けると、雛は慌てだした。

「ちっ、違うもん！　……真兄が悪いんだもん」

雛はそう反論すると、俯いてしまった。僕は本気で怒ったわけじゃないのだが……。

「いや、冗談だから」

「まじめに受け取りすぎだ」とフォローを入れたが、それでも雛の表情は晴れない。

「……私、先に行くから」

「え？　雛？」

雛は鞄を持つと、リビングを出て行ってしまった。

「あいつ、どうしたんだ？」

「さあ？」

僕が言いすぎたのだろうか。それとも、難しいお年頃なのだろうか。

学校で会うかもしれないし、何かメッセージを送っておこうか。

「二人っきりになったから、ボクはラッキー」

「お前なあ……」

好意を隠さない楓に戦々恐々としてしまう。僕は無事に『友情エンド』を迎えられるのだろうか。ノーマルの神様、僕を腐り神の使徒からお守りください。

楓と登校してから、雛の教室を覗いてみたが姿がなかった。まあ、いいかと思い、特に何もすることなく授業は進み、今は午前の授業が終わったところだ。

「面倒くさいなあ」

午前の最後は体育だったのだが、僕は一人で体育準備室に向かっている。

会長に連行されてサボってしまった授業は体育だったため、その時に測るはずだった八百メートル走のタイムを今日計測した。

記録を記入した紙を、体育準備室に置いておけと言われたので、教室に戻る前に向かっているのだ。本当に面倒くさいし、会長のせいで今日は一人で走らされて最悪だ。

「………ん？」

花壇脇の車が通る通路に、七人乗りの大きなワンボックスカーが停まっていた。

あれは学校の車で、用務員だけではなく先生が外出する際にも使われている。

でも、今は花壇脇に停車しているから、柊が園芸用品を運んでいる可能性が高い。

なるべく会いたくないのだが、車の横を通らないと体育準備室に行けない。

辺りを探っても人の気配はないから大丈夫かな？　よし……今のうちだ！

車の後方から近づき、横を通り過ぎようとした、その時——。

車体中央のスライドドアが急に開き、中から伸びてきた長い手に掴まれ、引っ張られた。

「ちょ……何⁉」

抵抗したが強い力に負け、車内の座席に引きずり込まれた。腕は痛いし、視界が激しく動いて何が起こったのかわからない。怖い！　事件じゃん！

気づけば僕は、中央部の倒れたシートの上に仰向けに転がっていた。目の前には封印が解けた国宝級イケメンが金の瞳で僕を見下ろしていた。……やっぱり、お前か。

「やあ」

「やあ、じゃねえよ！」

今の状況では気軽に挨拶を交わすなんて無理だ。

「急に引っ張って、怖かったじゃないですか！　人攫いかと思いましたよ」

「いいね、攫いたいよ。このまま俺の家に来る？」

「絶対嫌」

エロ担当の柊の家になんて連れて行かれたら、鎖に繋がれて監禁されるに違いない。調教なんて受けたくない。二次元だとご馳走だが、三次元だとただの事件だから！

「でもさ、央のことを狙っている奴らも動いているようだし、やっぱりこの辺りで我慢をやめるべきだと思うんだよね」

「なんの話だよ！」

反抗しつつ、身を守るための武器を探していたら……突然耳に謎の痛みが走った。

「…………っ!?　何をして……」

目の前には口角を上げ、にやりと笑う柊の顔。その瞬間、何が起こったか理解した。

……こいつ、耳を噛みやがった！　耳カプしやがったっ！

「ぎゃあああああっ！　ＰＴＡ！」

保護者会の皆様、ぜひ次の総会でこいつの素行を取り上げてください！

そして処分を……！　あ！　でも、このことを広く知られてしまうのは嫌だ。

「不吉なアルファベットの羅列を口にされると、もっと言えなくしてやろうかなって思っちゃうよね」

「ごめんなさい！」

二度とPTAなどとは口にしません。今後この三つのアルファベットは使わない人生を歩みます、だから許して！

「……そんな顔で見られると余計に我慢できなくなるなあ」

そんな顔ってどんな顔だ！　変顔していたら萎えるかも？　と思っていたら、再び柊の顔が下りてきた。またたよ！　もうこのシチュエーションにはお腹いっぱいなのだが！

「汗の匂いがする」

「は、走ったからね！」

僕の首元に顔を埋めて、匂いを嗅いでいる……変態ぶりが絶好調だな。

顔にかかる髪がくすぐったい、いい匂いがする……って、そんなことに気を取られている場合じゃない。逃げなければ！

そう考えていると、今度は首に湿ったような感触が当たった。

「塩辛い」

「ひぃっ」

舐めた……！　今度は首を舐められ、全身に鳥肌が立った。

これは駄目だ、完全にアウトなやつだ！　頭も身体も全てフリーズしてしまう。

「可愛い」

笑っている柊と目が合う。……これって本格的にやばい？

今まで騒いでいても「まさか、実際にすることはないだろう」と侮っていた。

ここは学校だし、そもそもこの僕相手に、本気でそんなことをしようとするなんて……と思っていた。普通に生活しすぎて忘れていたが、ここはＢＬゲームの世界なのだ。

そういう展開が『必然』な世界で、僕は主人公――そして柊は攻略対象キャラクター。

今って、完全にスチルが入るタイミングじゃん！

そう絶望していると、外から生徒達の話し声が聞こえた。たまたま誰かが通りかかったようだ。こんな状態を人に見られるのは嫌だが、このまま柊に捕まっている方がまずい。起き上がって叫ぼうとしたが、手で口を塞がれ、抑え込まれてしまった。

「ん――っ！」

「駄目」

柊が顔を近づけ、「シーッ」と人指しを口元で立てた。

「騒いだらお仕置きするよ？」

「!?」

柊が言いそうな台詞、そして似合う台詞ナンバーワンを聞けて一瞬嬉しくなってしまったが、お仕置き対象は僕では困る！

そんなことをしている間に、生徒達の声は遠ざかり……全く聞こえなくなった。

誰もいなくなったので、柊は僕の口を解放した。

「っはー！　苦しっ……窒息するだろ！　こんなことしてないで仕事しろよ！」

「今いいところなのに、仕事なんてやっていられないよ」

「お前はやっぱり駄目な大人だ！」

「駄目ついでに、央を連れて帰ろうかな」

「誰かああ！　ここに誘拐犯がいます！」

柊からは変態と犯罪の香りがする。この美貌に誤魔化されてはいけない。危険人物だ！

「誘拐？　合意があれば問題ない。君が俺と一緒にいたかった、そういうことだろ？」

「違う！　断じて違う！」

――バンッ

僕の叫びと同時に、勢いよく車のスライドドアが開いた。暗かった車内に日が差し込む。

太陽をバックに現れたのは、変態メガネから僕を救出してくれた救世主だった。

僕を押し倒している柊越しに、驚いている夏緋先輩が見える。

助けて、アニキィィィィ！

「てめえ……何してるんだ！」

夏緋先輩が、柊の尻に蹴りを入れた。

「ぐあっ！」

蹴られた柊が悲鳴を上げて僕の上に崩れてくる。あわわ……さすがに脂肪がある尻とはいえあれは痛い。でも……逃げるなら今のうちだ！

柊を押しのけていると、夏緋先輩に引っ張られて車から落ちそうになった。

「うえっ!?」

地面に転がると思った僕の身体がぐいっと上がった。あれ、足が浮いてるぞ？

気づけば夏緋先輩に、俵のように担がれていた。下ろして……。

夏緋先輩はまだ僕を下ろすつもりはないようで、担いだままで歩いて行こうとしたが、

回復した柊が車から出てきた。

「央を置いて行ってくれる？」

「置いて行くわけないだろ。こいつに二度と触るな」

春兄を消したいと病んでいた時の柊に戻っている……いや、むしろ悪化している！

「そっちこそ、俺の央に触らないでもらえるかな」

「あなたのものじゃないですぅ」

僕の声は届いていない様子だけど、一応主張しておいた。

「無職になりたくなかったら失せろ」

「央が手に入れば、仕事なんてどうでもいい」

「よくないだろー！」

今度は強めで主張していると、再び人の気配が近づいてきた。それに一瞬柊が気を取られた隙に、夏緋先輩は僕を担いだまま歩きだした。

柊は去って行く僕らに気がついたものの、追ってこない。状況が悪いと諦めたようだ。

僕は安堵の息を吐いたが、すぐに次のピンチが訪れた。

「お前。気をつけろって言っただろ？」

「はいー……」

夏緋先輩が超絶怒っている。僕らの周囲にブリザードが吹き荒れているようだ。

「わかってないだろ」

「わかって……なかったかも……。ごめんなさい」

確かにもっと警戒しなきゃいけなかったと反省する。しゅんとしていると、夏緋先輩が地面に下ろしてくれた。

「……大丈夫だったのか？」

反省したら許してくれたのか、ブリザードが止まった。それに、まじめに心配してくれているようだ。さすがアニキ……。

「大丈……あ、耳を噛まれました」

「…………。華四季園からいなくなる前にもう一発蹴ってくるか」

真顔になった夏緋先輩が踵を返し、柊の元へ行こうとするのを慌てて止めた。

いなくなる前って、無職にするつもりじゃん！

「もういいから！　僕、お腹空いたし！」

必死にそう言うと、顔を顰めた夏緋先輩が溜息をついた。

「次は容赦しないからな。……行くぞ」

どこへ？　と質問する間ももらえず、夏緋先輩は僕の腕を掴んで歩きだした。

引っ張られるのでついて行くけど……行き先くらい言ってくれませんかね！

一階の廊下を進んだところで、夏緋先輩が扉を開けた。ここは……保健室だ。

「失礼します……って、誰もいませんね？」

「そうだな。待ってろ」

夏緋先輩は保健室の中に入ると、僕の手を離して何かを探しに行った。

勝手に物色してもいいのか？　と思いながらも見ていたら、夏緋先輩はアルコールスプレーを手にして戻ってきた。……あっ、嫌な予感！　そう思ったが、時すでに遅し！

夏緋先輩は遠慮なく、僕の耳にアルコールを吹きつけてきた。

「ちょっと、何をするんですか！」

「噛まれたっていう汚い耳を綺麗にしてやってんだよ」

アルコールをぶっかけるというのは夏緋先輩らしい……って、耳だけじゃなく顔にもかかっているのですが！

「いつまでやってるんですか！　これじゃ僕は、殺虫剤をかけられているゴキ――」

「言うなよ！　アルコールに沈めるぞ！」

酷い、怖すぎる！　ゴキゴキゴキと連呼してやろうかなと思ったけれど、夏緋先輩の目が本気なので大人しくした。

「よし」

「……気がすみました？」

「ああ。本当に気をつけろよ」

仕上げなのか、ペーパータオルでゴシゴシ拭かれる。痛いって！

「もう、わかりましたから！　まったく、耳を噛まれたぐらいでここまでしなくても……」

「……お前、なんて言った？　耳を噛まれたぐらい？」

あ、ヤバい。地雷を踏んだかも……。そう思った瞬間に、夏緋先輩の冷たい視線が僕に突き刺さった。くっ……ゴミを見る目で僕を見ないでください！

「夏緋先輩からするとキモいかもしれないですけど……そうでもないっていうか……」

でも、柊のあの顔面だからこそ許せる、みたいなところがあるかもしれない。

僕を襲った変態メガネに噛まれていたら、キモすぎて叫んでいただろう。

なんてことを考えていたら、消毒ゴシゴシされた耳に痛みが走った。柊に引きずり込まれた車で感じたものと同じ痛みだ。

「……は？　……今、何しました？」

僕は噛まれた耳を手で押さえながら、信じられないものを見る目を夏緋先輩に向けた。

夏緋先輩に！　噛まれた！

「お前がそうでもないと言うから、試してみようと思ってな。……まあ、なんともないな」

「はあ⁉　実験台にしないでください！　っていうか、こういうことは、会長に命令されてもやりそうにないのに……。もしかして、変なものでも拾って食べました？」

そうじゃないと、潔癖&BL嫌いの夏緋先輩が僕の耳を噛むなんておかしい！

「お前じゃないんだからするわけないだろ。ほら、ちゃんとした飯を食いに行くぞ」

大混乱している僕を置いて夏緋先輩は行ってしまう。もう、色々どうなっているんだ⁉

「僕だって拾って食べたりしませんけどー！」

午後の授業が終わり、放課後になってもすぐに動く気にはなれなかった。

席に着いたまましばらくボーッとしていると、楓がやってきた。

「もう、教室にはボクらだけだよ？　疲れているみたいだけど、何かあったの？」

そう言われて教室を見回すと、確かに誰もいなかった。

「何もないよ。ちょっとボーッとしてただけ」

「ふうん？　じゃあ帰ろ？」

楓に引っ張られ、渋々立ち上がる。帰るのが面倒だから、誰か運んでくれないかな。

夏緋先輩みたいに担がれるのは困るけど……。

そんなことを考えていたら、楓が腕を組んできた。前からくっついてくることはあったけれど、告白されてからは激しくなる一方で戸惑ってしまう。

ジロリと視線を向けたがニッコリと微笑まれるだけだった。お前はブレないなあ。

「あ、そういえば……雛はもう帰ったかな。ちょっと教室を覗いて帰ろうかな」

朝は悪いことをしてしまった。機嫌がよくなっていればいいのだが……。

「別にいいんじゃない？　どうせ明日の朝はいるんだし」

「ドライだなあ」

「だってボクはアキラと二人がいいもん」

そう言いながら、楓は一層腕に絡みついてくる。動きづらいからやめなさい。

呆れた視線を投げたのだが、目が合うと今度もニッコリと微笑まれた。

……確かに、天使のように可愛い。でも、男なんだよなあ。

「何？　見つめちゃって」

「別に」

楓の腕を外して帰る準備をする。鞄にノートを入れていると、不意に楓の顔が近づいてきて……頬に何かが触れた。

顔はすぐに離れたが、何をされたのかわかった僕は固まった。

「…………」

楓に抗議の視線を向けたが、楓は何事もなかったような笑みを浮かべていた。

「お前……！　学校でこんなことすんなよ！」

「だって、アキラ隙だらけなんだもん。学校じゃなかったらいいの？」

「そういう問題じゃ……」

——ガタッ
教室の入り口付近で物音がした。目を向けると、そこには雛が立っていた。

教室まで様子を見に行こうと思っていたし、ちょうどよかった。

「今から行こうと……雛？」

なんだか雛の様子がおかしい。鞄を落としたようで、足元に転がっているのに拾おうとしない。ただ、こちらを見て固まっている。

「BLじゃないって言ったのに……！」

「！」

そうか……さっき楓がしてきたことを見ていたのか！

「いや、違うって……」

幼なじみに誤解されるのは困る。説明しようとしたが、僕が一歩踏み出したところで雛は素早く鞄を拾い、走り去ってしまった。

追いかけようと思うのに、なぜか身体は動かない。……後でちゃんと説明するか。

「……ボク達も帰ろう？」

立ち尽くす僕に気遣いながら、楓は声をかけてきた。

「そうだな。……楓、本当にさっきみたいなことは、学校ではするなよ」

まじめに注意すると、楓はしゅんとして頷いた。

「……わかった」

雛には『楓とのことは誤解だ』とメッセージを送った。でも、返信はなく、「BL！」

と叫ばれてから数日経ったが、あれから一度も会っていない。

楓とは話はするものの、微妙な距離感で日々過ごしている。

今朝は一人で登校したかったので、早い時間に来た。

教室にいても暇なので、学園内を散策することにした。

人がいない静かな廊下をウロウロと歩いていると、男女の言い争う声が聞こえてくる。

……聞き覚えがある声だ。近づいてそっと覗いてみると、楓と雛だった。

「楓君、アキのことが好きなんでしょ！」

「アンタに関係ない」

……おいおい、こんなところでなんという内容の争いをしているのだ。

「関係あるよ、私もアキが好きだもん！　楓君は男の子だよ？　アキに近づかないで！」

止めに入ろうとした僕の耳に、驚く内容が入ってきた。雛も僕のことが好き？

僕が呆然としているうちに、楓の表情が一気に厳しいものに変わった。空気で伝わりそうなほど怒っているのがわかる。

「そんなの関係ない！　女だからって偉そうにするな！　ボクは頑張ってアキラに自分の気持ちを伝えた！　好きになってもらえるように頑張ってる！　幼なじみだからって何もしない奴がずっとそばにいたら迷惑だ！」

楓の心の叫びに、雛は圧倒されている。だが、負けないように必死に食い下がる。

「わ、私だって頑張ってるもん！」

「どこが⁉　ちゃんとアキラに言った？　女だからって自分からは言えないの？　気づいてくれるのを待ってるだけ⁉　そんな奴に負けたくない！」

そう言い放つと、怒りをあらわにしたまま楓は去っていく。取り残された雛は、俯いて立ち尽くしていたが、しばらくすると泣き声が聞こえてきた。

「……ひっく………私だって……頑張ってるもん」

そう呟くと、雛も楓とは違う方向に消えていった。

とんでもない場面を目撃してしまった僕は、呆然とする。とにかく、誰にも見つからないところで考えたい。とりあえず、滅多に人が来ないトイレにでも逃げよう――。

「……おい」

「！」

声をかけられビクリと身体が跳ねた。

「……夏緋先輩？」

振り返ると、神妙な顔をした夏緋先輩が立っていた。

「お前、顔色が悪いぞ」

「そう、ですかね」

びっくりしすぎて血の気が引いたのかな？　なんて思っていると、夏緋先輩が更に驚くことを言ってきた。

「……さっきの話、お前のことだろ?」

「! ……聞いていたんですか?」

「たまたま、な。コソコソしているお前を見つけたから来てみれば……。悪いが聞いてしまった」

そう言う夏緋先輩は、本当に申し訳なさそうにしている。

「僕も聞いちゃった一人ですから」

苦笑いをしてみせると、夏緋先輩が質問をしてきた。

「それで……お前はどうするんだ?」

どうするかなんて、僕の方が聞きたい。恋愛経験もないのに、いい案は何も浮かばない。

「夏緋先輩は……好きな人はいますか?」

「………。さあな。お前はどうなんだ?」

「質問を質問で返さないでくださいよ。僕は……」

先に続く言葉が見当たらない。僕の好きな人は……。

「幼なじみとはどうなんだ?」

「雛は……あくまで幼なじみです」

気持ちは嬉しいけれど、雛に対しては家族のような想いはあるが、恋愛感情はない。

「……そうか。なら、友人の方はどうだ？　お前は男が好きなわけじゃないんだろ？」

「それはそうなんですけど……。楓には、男とか女とかそういうことは関係なく、人として ちゃんと考えて応えたいというか……」

あんなに真剣な心の叫びを聞いて、いい加減に返したりすることはできない。

……こんな話を聞いて、ＢＬ嫌いの夏緋先輩はどう思うだろう？

ちらりと見ると、横目で睨まれてしまった。

「夏緋先輩には気持ち悪い話かもしれないですけど……」

「そうだな」

「……すみません」

つい甘えて話してしまったが、やっぱり夏緋先輩にする話ではなかった。

僕らの間に気まずい静寂が訪れた。

「はあ」

こっそりと溜息をつく。夏緋先輩もまだ険しい顔をしているし……居た堪れない。

「……そうだったはずだが、お前に限っては、あの嫌悪感が湧かない」

夏緋先輩の言葉に首を傾げる。

「？　それはどういう……」

「別にお前が、そっちの類いの奴でも構わない」

「そっちの類い？　ああ……え？　僕が男と恋愛をしてもいいということですか？」

「そうだ」

それはどう解釈すればいいのだろう。良い意味なのか悪い意味なのかもよくわからない。

「意味がわかりません。なんで？」

「知らん。こっちが聞きたい。ただし……相手はオレに限る」

「はい？」

またわけのわからないことを……と思ったが、一つ可能性のある解釈に思い当たった。

でも、まさか……。

「ど、どういう意味ですか？」

「解説しなきゃわからないか？」

「わかりません！　全っ然わかりません！」

すると表情を変えず、夏緋先輩が近寄ってきた。

何をする気だと身構える僕に構わず、手が伸びてきて頬を触った。

「…………っ!?」

まさか、な予感がしている中で、こんなことをされるなんて……！　逃げようか迷っていたら、触れているだけだったはずの手が、思い切り僕の頬を抓っていた。

「いひゃ、いひゃい！」

「だから、お前の相手の選択肢にオレも入れろって言ってんだ。馬鹿が」

それだけ言うと手を離し、腰に手を当てて優雅に澄ました。まるでモデルだ。

「それはまさか……告白ですか？」

「そうだ」

やっぱりそうだった！　でも、夏緋先輩に限って、男の僕に告白だなんて信じられない。それに告白した人がこんなに落ち着き澄まして、優雅に立っているなんておかしい！

「こういう冗談は、嫌いだって言っていましたよね⁉」

「冗談じゃないから言っているんだろうが」

「え、ええ……ちょっと、通常運転すぎません⁉　本当なんですか？　っていうか、あなた誰ですか？　偽物だな⁉」

「うるせえ！　ったく……お前は本当に馬鹿だな。だが、そんなお前を好きだと思っているオレはもっと馬鹿だ。正気とは思えない」

怒鳴り声は本物だが……きっと偽物だ。いや、でもこの素直じゃない一言多い感じは本物っぽい。どうなっているのだ。今、僕のことを好きだとか言っていたぞ⁉

「……天地」

「は、はい……」

名前を呼ばれたので夏緋先輩を見ると、真っ直ぐに僕を見ていた。

「その少ない脳みそを使って、しっかり考えろ。そんでオレのところに来い」

そう言うと、夏緋先輩は通常運転な様子で去って行った。だが、片方に流した長い前髪で隠れがちな夏緋先輩の顔が、少し赤くなっているのがちらりと見えた。

「………っ！　あの人、怖ぁ……」

なんなのだ、このツンデレ告白は……。僕が男じゃなかったらイチコロだった。男だけど、動悸が激しくて卒倒しそうだ。


夏緋先輩から告白されるというショッキングな出来事で、更に呆然としてしまった。しばらく立ち尽くしていたのだが、他の生徒達がやって来たので移動することにした。当初の予定通り、人がいないトイレに逃げ込もう。そう思っていたのだが……。

「央？」

「会長……」

なんとばったり、会長と出くわしてしまった。このタイミングでの会長との遭遇は嫌な予感しかしない。

「どうした？　酷い顔をしているぞ」

「いつもこんな顔ですけど……」

……なんて答えていたら、スッと僕の頬に会長の手が伸びてきた。

さっき夏緋先輩にも触られた——。そう思った瞬間、顔が熱くなり、会長の手から逃げてしまった。そんな僕を見た会長が顔を顰める。

「お前がこういう反応をするとは……。もしかして、夏緋が抜け駆けしたのか？」

「抜け駆け？」

つい聞き返してしまったが、今の僕は余裕がない。あまり話を聞きたくないのだが……。

「なんの話かわかりませんが、後日にしてもらえませんか？」

「今聞け」

……ですよね！　青桐の血の前では拒否権はありませんよね！　知ってた！

「わかりました。なんの話で——。…………っ!?」

会長の方を見た途端、正面から抱きしめられた。

「きゅ、急になんなんですか？」

「本当は古城でこうした時に言いたかったんだがな。先を越されるとは……」

「？」

「お前、夏緋に告白されただろう？」

「！」

どうして知っているのだろう。驚いて会長を見ると、ニヤリと笑った。

「やっぱりな」

しまった、リアクションで『正解』だと教えてしまった……。

「……俺もお前が好きだ」

「………へ？」

あまりにも予想外のことを言われ、変な声が出た。会長が、僕を好き？

「俺も、というのが癪だな。俺はお前が好きだ」

「会長は兄ちゃんのことが……」

「真と話して、お前と古城に行って確認した。俺が好きなのはお前だ」

僕を真っ直ぐに見据えた会長にそう言われ、治まっていた身体の熱が一気に戻ってきた。

そんなまさか……夏緋先輩に続き、会長まで僕を好きだと言っている。

「もしかして、兄弟で僕にドッキリをしかけてます？」

「そんなわけないだろ。まじめに聞け」

「はい……」

告白されているのに叱られるところは一緒！　青桐家の告白ルールとして存在しているのだろうか。絶対にやめた方がいいと思います。

「ははっ。お前、顔が真っ赤だな」

「！」

会長の大きな手が、僕の頭を撫でた。顔を逸らしたいけれど動かせずにいると、会長が今まで見たことのない優しい目で僕を見ていた。

「こういう顔は、誰にも見せるな。夏緋にもな」

「………………」

何を言えばいいのかわからない。固まったままでいると、会長の身体がスッと離れた。

「今日のところはこれで引こう」

今日のところは？　今後はどうなるの？　と気になったが、僕のフリーズは継続中だ。

「あと、何か悩んでいるなら、俺が一番お前の力になる。だから俺を頼れ」

そう言うと、会長も去って行った。取り残された僕は、更に赤くなっているわけで……。

最後に頼れる男っぷりまで発揮していくなんて、恐ろしい……。

「なんなの、青桐兄弟……」

二人でドッキリ説の方がまだ信じられる。

昇降口で人目を気にしながら靴を履き、外に出た。この頭の中の混乱は、トイレで現実逃避する程度じゃ間に合わなくなったので、家に帰ることにしたのだ。

誰にも会わずに帰宅したいのだが、この花壇の近くだと柊がいそうだ。

警戒して周囲を見回したが……いない。よかった、今のうちに……！

「だーれだ」

「！」

誰かが背後から僕の目を手で隠した。このぞわっとする感じ……いないと思ったのに！

両手を掴んで目から剥がすと、後ろからひょこっとスーツ姿の柊が覗き込んできた。

「授業は始まっているはずだけど、どうしたのかな？」

「…………」

「サボリ？　別にいいけどね、俺は教員じゃないから」

「いや、駄目って言わなきゃいけないだろ……」

口を開くつもりはなかったのに、つい言ってしまったじゃないか。

「それで、央はどうしてここにいるんだ？　俺に会いに来てくれたのかな」

「違う！　その……体調が悪くて……」

そう誤魔化すと、柊はズボンのポケットに手を入れて、車の鍵を取り出した。

「車で送って行くよ」

「遠慮します……」

「じゃあ、お姫様を抱きかかえて送ろうか」

お姫様だっこするぞって宣言か？　家までお姫様だっこ……柊ならやりかねない！

走って逃げても、しつこくついてきそうだし、振り切る自信がない。

「……車でお願いします」

仕方なくそう言うと、柊は素敵な笑顔で僕を車まで案内したのだった。突然車内に引きずり込まれるというトラウマを与えられた車に、自ら乗る日が来るとは……。

後ろの席に座ろうかと思ったが、人目につきやすい方がいいんじゃないかと思い、助手席に座る。それを見て運転席の柊はニコニコしている。

「央、デートみたいだね」

「早く出発しろ」

ただの送迎を勝手に脳内変換しないでくれ。車が動き始めたので、僕はむすっとしながら窓の外をぼんやり眺めた。

「……央、様子がおかしいよね。ただのお友達君に何か言われた？」

「⁉」

核心を突くようなことを言われて驚いていると、ちらりとこちらを見た柊と目が合った。

わあ……笑顔だけどヤバい時の妖しさを醸し出している……。

着いたら家にダッシュで入る！　と心に決めた。

そこからは、ぽつぽつと柊から質問があったけれど、全てスルーさせてもらった。

僕は『体調不良』なので、お気遣いください。

車だと家まで時間はかからない。すぐに天地家の前まで到着した。

「ありがとうございました！　さようなら！」

車が止まった瞬間にドアを開け、走りだそうとしたが、腕を摑んで止められた。

「央は俺のことが好きだって言ったよね？」

「…………？」

そんなこと、言っ……たな。正しくは『言わされた』だ。

「央が他の奴のところに行ったら、俺は道を踏み外してしまうよ？　いいの？」

「……はい？　なんの脅しですか……」

勝手にしてくれ……と脱力してしまったが、早く逃げないと！

手を振り解こうとしたら、更に引っ張られ……正面から抱きしめられた。

「ちょ……離してっ」

「央が好きだ。央がいいんだ」

これは……用務員室で言われた、「君でいいや」発言を訂正しているのか？

「俺は本気だよ？」

耳元で響くいい声に心臓がどきりとする。

これ以上この状態で聞いてしまうと、僕はとても困ることになりそうだ。

柊の身体を押すと、案外容易く離れることができた。とにかく、逃げよう！

「央、そろそろ俺の我慢も限界だからね？」

車を降りて離れる僕に、柊は謎の言葉を投げてきた。

「え？　それはどういう……」

「ちゃんと俺のものになってね？　……待っているよ」

そう言って妖しく微笑むと、柊は車を発車させて去って行った。

「なんなんだ……」

弱っていたところに追い打ちをかけられてダウン寸前だ。

「結局、皆から告白されたんですけど!?」

兄カップルと深雪君以外の攻略対象キャラクターから好意を受けるなんて……。

もしかして今日って……ゲーム的にはルートの分岐イベント日なのか!?


家に入り、自分の部屋のベッドに寝転がる。まだ午前中だというのに、怒涛の一日だ。

頭をすっきりさせるために、僕はすぐに仮眠を取った。

目が覚めると、お昼ごはんの時間を過ぎていた。頭は多少すっきりしたかもしれない。

お腹は空いた気がするが、動く気になれずベッドで朝のことを思い返す。

雛と楓のケンカを目撃し、雛の気持ちを知ったところから始まり、夏緋先輩に告白されて、会長にも告白されて、柊にも……。

「僕の人生、明日終わるのかな？」

そんなことを考えてしまうくらい、ありえないことが連続で起きてしまった。

「やっぱり、ゲーム的にイベント日だよなあ」

……ということは、白兎さんが何か情報を持っているかもしれない。

放課後の時間になるのを待ち、僕は白兎さんに電話をかけることにした。

連絡(れんらく)先、スルーされても粘(ねば)って聞き出しておいてよかった！　そう思いながら、繋がるのを待っているが……なかなか繋がらない。

かけ直そうと思ったところで、ようやく白兎さんの声が聞こえた。

「白兎さん！　あのさ、この世界のことで聞きたいことがあるんだけど……今、いいかな？」

教室にいたら話しづらい内容だ。改めた方がいいかもと思ったが、白兎さんは大丈夫だと言った。

『あなたからかかってきた時点で、ろくでもない話だとわかっているので場所を選んでいます。お気遣いなく』

親切だけど辛辣(しんらつ)！　でも、白兎さんらしくてちょっと和(なご)んだ。

「実は僕、本日唐突(とうとつ)なモテ期を迎えておりまして……。多分、どういう状況か察してもらえると思うんだけど……」

そう言うと、電話越しに白兎さんの舌打ちが聞こえてきた。

僕が誰から告白されたか、察してくれたようだ。

「どうしたらいいかわからなくて……。白兎さんは、友情エンドにする方法とか知らない？　僕は……これからも皆と仲良くしたいよ」

誰かを選んだら、他の人とは気まずくなりそうだ。仲良くなれたのに、これを機に疎遠になってしまったら悲しい。今まで通りじゃ駄目なのだろうか……。

『天地君。私は、BLをしているあなた達のことはどうでもいいです』

「おい。思っても言うな」

『でも、あなたのおかげで、深雪の気持ちを知ることができて、わかり合うことができました。今度はあなたが、彼らと向かい合う番なんじゃないでしょうか』

白兎さんにそう言われ、ハッとした。

『私が知っているのはゲームですが、あなたを想っている人達は、血の通った人間です』

確かに僕は、頭が限界で混乱し、この状況から逃げるために皆のことをゲームのキャラクターとして考えてしまっていた。

それは、彼らの真剣な想いを踏みにじっているようなものだ。……反省だ。

「そうだね。ごめん……」

『深雪はあなたのことを、とても尊敬して憧れています。その気持ちに相応しい人になってください』

ＢＬを滅ぼしたいくらい嫌いなのに、真摯に相談に乗ってくれた白兎さんに大感謝だ。

「うん。白兎さん、本当にありがとう。今度、深雪君と三人で遊――。……切れたし」

僕が言い終える前に、白兎さんは電話を切った。

「あははっ」

あまりにも通常運転な白兎さんに笑った。活も入れてもらえたし、今度お礼の品をプレゼントしよう。……受け取ってもらえそうにないけどね！

白兎さんに言われたことを念頭に置いて、告白してくれた彼らのことを想う。

楓はずっと、真っ直ぐに想いを伝えてくれていた。夏緋先輩と会長は、意外すぎて今でも嘘だったのでは？　と思う。柊は告白なのか脅迫なのかわからないところが彼らしい。

そんなことを考えていると、コンコンと部屋のドアをノックする音がした。

「ただいま。央、寝てる？」

「あ、兄ちゃん。おかえり！」

いつの間にか兄が帰宅する時間になっていたようだ。返事をすると、中に入ってきた。

「下から声をかけたけど返事がなかったから、どうしたのかなって思って」

「ごめん、ボーッとしてた」

「そう。……ねえ、央。何かあったの？　元気がない気がするけど」

さすが兄。僕の様子がおかしいことがすぐにわかったようだ。

「うん……まあ……ちょっとね」

説明する気にはなれないので誤魔化すと、兄は優しく微笑んだ。

「オレにできることがあったらなんでも言ってね」

やっぱり我が兄は圧倒的癒しだ。悲しい結果になったら、兄の胸で泣こう。

そして、どうかいつまでも春兄とラブラブでいてください。

「ねえ、兄ちゃんは春兄と付き合うって、どうして決めたの？」

ＢＬゲームの主人公であり、恐らく同じような経験をしている兄の話を聞きたい。

「なっ……」

兄は僕の質問に照れてたじろいだが、真剣な僕を見てすぐにまじめに答えてくれた。

「そうだな……春樹（はるき）がいない未来を考えられなかったから、かな」

「一緒にいる未来、か……」

「央にもそういう人ができるといいね。……もういるのかな？」

「！　僕は……」

兄の言葉に、誰かの顔が浮かんだ気がした。

「何を悩んでいるか知らないけど、後悔（こうかい）しないようにね」

兄はそう言うと、僕の頭を撫でて出て行った。

気分転換をするため、兄には「コンビニに行ってくるか」

「ちょっと、外の空気を吸ってくる」と伝えて家を出た。

白兎さんと兄のおかげで、かなり冷静になれた。それでもまだ、答えは出ないけど……。

「後悔しないように、か……」

まだ早い時間だが、日が落ちて暗くなっている。でも、家の灯りや街灯があるから明るいなと思っていると、家の間の暗がりからぬっと誰かが出てきた。

「…………っ⁉　……あれ、雛？　どうしたんだよ、こんなところで」

まだ制服姿の雛が立っている。スクールバッグを持ったままだ。

「アキ……。どこかに行くの？」

「え？　コンビニに行くついでに、ちょっと散歩しようかなって」

「私も一緒に行っていい？」

「いいけど……早く家に帰った方がいいんじゃないか？　送るよ」

もう暗くなっているから、春兄も心配するだろう。僕らは並んで雛の家へと向かった。

「……雛とこうして話すのは、ちょっと久しぶりだよな」

今日は楓と言い合っているところを目撃したが、面と向かって話したのは「ＢＬ！」と叫ばれた以来だ。

「そうだね。メッセージくれたのに、返信してなくてごめんね」

「別にいいよ」

いつもと違って雛の口数が少ない。僕もペラペラ話す気にならなかったので静かに歩く。

雛と一緒にいる時はいつも賑やかだったから、変な感じだ。

「私、楓君に酷いこと言っちゃったんだ……」

黙っていた雛がぽつりと零した。恐らく、言い合っていた時のことだろう。

「ちゃんと謝れよ？　僕は……仲直りしてくれたら嬉しいな」

「……うん」

再び沈黙が流れる。もうすぐ雛の家に着くのだが……。

「うちの近くにいたのは、何か用事があったんじゃないのか？」

「あ……うん。そうなんだけど……もう大丈夫」

その割には何か言いたそうな顔をしている。まあ、大事なことなら、後日話してくれるだろう。ほとんど話をしないまま、雛の家の前まできた。

「じゃあ、また明日な」

雛に手を振り、コンビニへ行こうとしたら――。

「アキ！」

呼び止められて振り返ると、雛は真剣な顔をしていた。

「……アキは好きな人、いる？」

その質問は、今まさに自分に問いかけているものだ。まだ答えられない。

「んー……。今、自分と向き合っているところかな」

僕のことを好きだという雛に、どう伝えようか迷ったが、素直な気持ちを話した。

雛のことは大事な幼なじみだと思っているけれど……直接告白されたわけじゃないから、その言葉は呑み込んだ。

「……そっか」

ずっと暗い顔をしていた雛だったが、そう言って微笑んだ。

「……やっぱり、私のことは見ていないかあ」

「うん？」

何か呟いたので聞き返したが、首を振られてしまった。

「なんでもないよ。送ってくれありがと！　おやすみ！」

「おう、じゃあな」

改めて手を振り、コンビニを目指す。少し進んだところで振り返ると、雛はまだこちらを見ていたが、暗くて表情はわからない。明日からはまた、楽しく話せるといいな。

「……ばいばい。……好きだったよ、アキのこと」

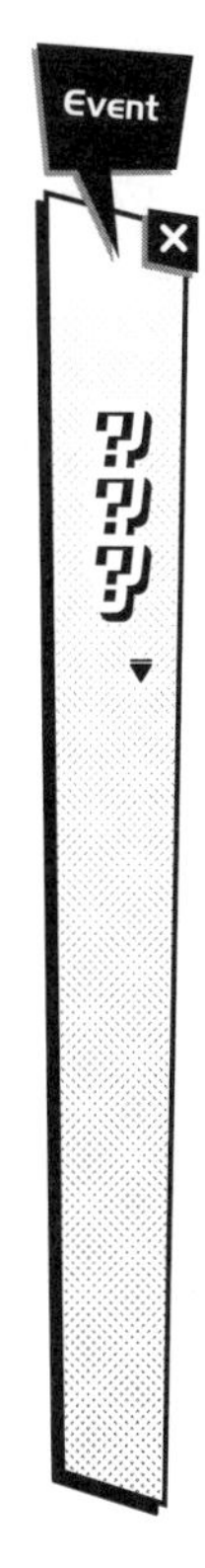


雛を送った後、コンビニで買い物をすませた僕は家に帰った。

そして、兄が用意してくれた美味しい夕ごはんを食べて、風呂に入り、のんびり過ごしたのちにベッドに入った。

「本当に大変な一日だった……」

攻略対象キャラクターに一斉に告白されるなんて、本当にゲームのようだ。

起こったことを回想していると、僕の意識はだんだんと遠くなっていった——。

辺り一面に綿菓子のような白い霧が漂っている。この感覚、この静寂……覚えがある。

ゲームのオープニングの夢を見た時と一緒だ。

「そうか、僕はまた夢を見ているのか」

あの時は華四季園学園の校舎や、移り変わる四季が見えたが、今回は何も見えない。

僕がプレイしてない続編には、こんなシーンがあるのかもしれないな。

「ん？　手に何か……？」

いつの間にか握っていたものを見てみると、それは四つの鍵だった。

『オレンジ』『ピンク』『青』『赤』の四色ある。

「これはどこの鍵だろう。………あ」

もう一度周囲を見回してみると、霧の中に扉を発見した。

近づいて前に立って見ると、ドアノブのところに鍵穴を見つけた。

僕の手にあるこの鍵で開けることができそうだ。

どれを選ぶかが重要なポイントになりそうだが……。

「……もしかして、ゲームだとこれがルート分岐になる、とか？」

知らなくてもわかる。鍵から彼らの気配がする。

オレンジの鍵は柊、ピンクの鍵は楓、青の鍵は夏緋先輩、赤の鍵は会長だ。

この鍵で選んだ人と、僕は一緒に未来を歩むことになるのだろう。

「……決めた」

一つの鍵を手に取り、鍵穴に挿す。ゆっくり回すと、カチャリと音が鳴った。

だんだんと開いていく扉の中からは、光が溢れ――。

Route
柊 冬眞

皆から告白された翌日の早朝。

一人で頭を整理しながら歩きたかったから、早くに家を出たのだが……。

「おはよ。大きなあくびして、眠そうだね」

視界に綺麗な黄金の髪が入り、思わず固まってしまった。

「……楓」

楓が家の前で待ち構えていた。我が家の開門は七時半だと常々言ってきたが、置いて行かれないようにそれよりも早くから外で待っていたようだ。

いよいよ都市伝説も最終章という感じがする。

……なんて茶化すのを躊躇うほど、楓はまじめな顔をしていた。

「アキラ、一緒に行こ」

「……おう」

いつもは笑ったり怒ったりと忙しい楓が、ずっとまじめな顔をしていて静かだ。

口数も少なく、一緒に登校というよりは並んで同じ方向に進んでいるだけに感じる。

そんな気まずい中でもあくびをする僕を許してください。

空気を読んで押し殺すように頑張ったが駄目だった。

「あんまり寝てないの？　体調悪いとか？」

顔を背けて誤魔化したつもりだったが、ばっちり見られていたようだ。

「いや、元気。昨日は飯食って風呂入る以外はほとんど寝てた」

いっそ寝込むほど熱が出たら休めるのに！　と、まだ子どものようなことを考えている。

「元気ならどうして、登校してすぐに帰ったんだよ」

「そ、それは……」

しまった、墓穴を掘ってしまった。

楓と雛が言い争っていたのを聞いてしまったからだ、とは言えない。

校門を通り過ぎたから、教室まであと少しだ。なんとか話題を誤魔化そう。

「ねえ、アキラ。もしかして――」

「おはよう、央。昨日伝えた通りに、俺のところに来る決心はついたかな？」

「！」

突然背後から、今一番警戒している柊が現れた。

「急に現れるなって！」

「……なんなの。勝手に割り込まないでよね」

言葉を遮られ、怒った楓が柊を睨む。

「それに、ふざけたことを言わないで。アキラがあんたのところに行くわけがないじゃん！」

「…………」

鋭い目つきの楓と、妖しい表情の柊が睨み合う。

「央と俺の障壁になるものは消していこうかなあ」

「ちょ、どういうことですか！」

物騒な空気を放つ柊を見て焦る。

楓も受けて立つと言わんばかりの顔をしているが、二人ともやめなさい！

「こんなところで揉めるなって！　もう、行くぞ！」

楓の腕を引いて、校舎に向かう。少し進んだところで振り返ってみると、柊はまだこちらを見ていたが、僕は構わず校舎に入った。

「ねえ、アキラ。昨日、あいつと何か話したの？」

廊下を歩きながら楓が訊いてくる。

「あー……うん。でも、なんでもな——」

「なんでもなくない！　アキラのことだったら、ボクにとっては大事なことだよ！」

適当に流そうとした僕の声は、楓の怒声に遮られてしまった。

まだ人の姿は少ないとはいえ、注目されてしまったようで視線を感じる。

「……誤魔化さないでよ」

そう言う楓の表情は真剣だった。

……そうだな、ちゃんと楓と向き合わないとな。

落ち着いて話をするため、僕達は屋上へ向かった。

「さっきのアイツの話って、ボクがアキラに一番訊きたいことと関係しているよね？」

楓が推測している通りで間違いないが、どうしても答える気になれない。

そんな様子の僕を見て、楓は一瞬暗い顔をしたが、すぐにいつもの明るい表情に戻った。

「アキラ、そろそろボクのことを好きになってくれた？」

僕の気が重くならないよう、明るく努めてくれている楓の気遣いを感じる。

楓は本当にいい奴だ。でも……僕は友達として好きなのだ。

「なあ楓、僕はやっぱりお前のことは友達——」

「………………。聞こえなーい」

僕の言葉は遮られてしまった。

楓には誰かと想い合って幸せになってほしいのだが……。屋上の柵に手を置き、登校してくる生徒達を見ながら思案していると、見知った顔を見つけた。

「あれは……兄ちゃんと柊？」

周りに人がいない花壇の脇で、二人は向かい合って楽しそうに話をしていた。

兄は春兄と一緒に登校したはずだが、到着してから別れたのだろうか。

疑問が湧く光景だが、一番謎なのはなぜか楽しそうな二人が見えた瞬間、僕はショックを受けたということだ。

「ほら。あの人、アキラのことを真先輩の代わりにしているんだよ。でも、ボクは違う」

楓も二人を見つけたようだ。……『兄の代わり』か。

違うって言っていたのに、それならどうして、あんなに楽しそうに話しているんだ？

「アキラ？」

「……なんでもない。教室に戻ろう」

楓が話したいことを話せた感じはしていないが、ここから離れたい。

「そんな……冗談でしょ……アキラ！」

楓を残して進んでいると、大きな声で呼び止められた。

「あいつは駄目だから！　嫌だからね！　絶対ボクの方がアキラを好きだから！」

楓の気持ちには応えられないし、なんの心配をしているのか知らないが返答に困る。

「……先に戻るぞ」

楓はまだ話し足りない様子だったが、教室に戻ることにした。

「はあ、今日はなんか疲れたなあ」

家に帰り、リビングのソファに転がる。

背伸びをしながら学校でのことを思い返した。

楓とは屋上で話した後も一緒に過ごしたが、気まずさは抜けなかった。

柊と遭遇したのは朝の一度きりだったから、まだ助かったなあ。

何か飲もうと思ってキッチンに行くと、テーブルの上に花が飾ってあった。

見覚えがある。柊が兄に渡していた、あの時の花だ。……なんだか捨てたい。

「綺麗でしょ」

「⁉」

花を見ていると、突然後ろから声が聞こえて驚いた。

「兄ちゃん、帰っていたのか」

花を見ていたところを、目撃されてしまったのが嫌だ。

それに、この花についてはこれ以上話をしたくない。

僕は冷蔵庫のコーラを取ると、そそくさと自分の部屋に向かった。

「はあ……」

部屋のドアを閉めると溜息が出た。どうしてあの花を『捨てたい』と思ったのだろう。

「散々僕にちょっかい出してきたくせに、結局は兄ちゃんなのかよ」

僕が被ってきた迷惑はなんだったのだ。

翌日も元気に迎えに来た楓と共に登校。

柊には遭遇せずに教室に入ることができてホッとする。

だが、休憩時間にスマホを確認すると、柊から何度も執拗に連絡が入っていた。

被害届を出してもいいレベルじゃないか？

当然スルーしたのだが、それからも連絡が入り続けた。

放課後になり、家に帰ろうとしたところでまたメッセージが来た。

一応目を通してみると、やはり柊からだったのだが、気になることが書かれていた。

『連絡するのは最後にするから。話がしたい。用務員室まで来てくれ』

「最後？」

あの柊からすると俄かに信じがたい。それに最後だなんて、関係を切るような言い方だ。

別にそれでもいいけど……いいけどさ。

「気にしない。……やっぱり無視だ、無視！」

これ以上、かき乱されたくないから、縁が切れるなら願ったり叶ったりだ。

そう思い、教室を出たはずだったのだが――。

「はあ、自分がわからない」

帰宅しようとしていたはずなのに、僕の目の前には『用務員室』という室名札がある。

最後だなんて寂しい、なんて思ったわけじゃない。

多分、散々振り回しておいて急に「さよなら」なんて身勝手だ！　と一言言ってやりたくなっただけだ。さっさと話をして帰ろう。怒りの勢いでノックもせず部屋に入った。

「柊さ……ん？」

鍵は開いていたのだが、誰もいないし灯りも消されていた。

ぐるりと見回してみると、奥にある備品倉庫の方に灯りが見えた。

「あっちかな？　柊さーん」

何か作業をしているのかと、呼びかけながら倉庫の中に足を踏み入れてみた。

「へえ、この部屋はこんなふうになっていたのか」

思っていたよりも奥が広くて驚いたが、柊はいなかった。

返事をせずに来てしまったから、僕は来ないと思っているのかもしれない。

メッセージを送ってみるか。その場で『用務員室に来たけど』と送ると……。

――ピロン……

ん？　僕の背後、倉庫の入り口付近で音が鳴った。

「今のは通知音？　…………なっ⁉」

振り返ろうとしたところを、突然現れた誰かに捕まった。羽交い絞めにされそうになり、慌てて回避しようとしたが逃げきることができず、両手を後ろで固定されてしまった。

「離せ！」

犯人はもうわかっているが、背後にいるので顔は見えない。

抵抗していると手首の辺りがギュッと締まる感じがした。……縛られた？

「ネクタイをつけるようになっていてよかったよ」

そう零しながら顔を見せたのは、やはり柊だった。

縛ったことで満足したのか、僕を掴んでいた手は離された。

「なんだよ、このネクタイ！　取ってよ！」

「駄目だ。逃げられたら困るからね」

とても綺麗な笑顔だが、こんなことを実行するなんて間違いなく変態だ。

「央が悪いんだよ？　わかってくれないなら、わかるまで教え込むしかないだろう？」

「な、何をでしょう……」

「大丈夫、それをこれからゆっくり教えてあげるんだから」

エロ担当のスイッチが入ったのか、フェロモンをまき散らすような妖しい笑みを浮かべ、一歩また一歩と近づいてくる。

「く、来るな！」

逃げ場を探りながら後ろに下がる。

でも、奥には逃げ場がないし、出入り口の扉は柊の背後にある。どうしよう！

「うわっ」

焦っていると、足元に転がっていた箱に躓(つまず)いた。

その衝撃(しょうげき)で積まれていたブルーシートが雪崩(なだれ)を起こしてしまう。

体勢を崩(くず)した僕は、その上に倒(たお)れてしまった。

縛られた腕に自分の体重がかかって痛い。

「なんだよ……。…………っ!?」

起き上がろうとしたその時、視界が急に暗くなった。柊が覆(おお)いかぶさってきたのだ。

僕の顔の横に手をつき、相変わらず妖しい表情で僕を見下ろしている。

「このシチュエーションは何度目かな？」

「…………」

僕も同じようなことを思ったけれど、言葉が出ない。話すと息もかかりそうな距離(きょり)だし、迂闊(うかつ)なことを言ってしまうと何をされるかわからない……！

「今までは本当に我慢(がまん)していたんだよ？　でも今日は我慢してあげないから」

この距離でこの目と見つめ合うのは拷問(ごうもん)だ。

恐(おそ)ろしい台詞(せりふ)が聞こえたが、それも吹っ飛(と)んでしまう。硬直(こうちょく)が解けないまま、柊の目を見ていると急に息ができなくなった。

「…………っ!?　んーっ！」

今されていることを認識したことで、鈍っていた頭も身体も急激に稼働し始めた。

これまでなんとか死守してきたが……こいつ、本当にやりやがった！

逃れたいが、手は拘束されていて動かない。

「………っは！」

ようやく解放され、必死に酸素を補給してから抗議しようとしたが、すぐに角度を変えて同じことをしようとしていることに気がついた。慌てて顔を逸らして逃げる。

「央、悪い子だな。逃げないでよ」

「逃げなきゃまたするだろ！」

絶対に目は合わせないし、顔を向けない。最大限の抵抗を続けながら猛抗議だ。

「そうだよ？　これからが本番だからね」

本番、ってなんだ……。予想はできるが、さすがにそれは駄目だろう！

「僕を兄ちゃんの代わりにするな！」

「まだそんなこと言っているの？　俺が想っているのは央だけだよ」

「嬉しそうに二人でこそこそ話をしてたじゃないか！　花なんか贈って」

「花？　……ああ、あれはお祝いだよ」

「お祝い？」

「ああ。真に、好きな人と幸せになってほしいと思って」

「え？　ええ？」

春兄を消そうとしていた人が何を言っているのだ。説得力が全くない。

疑いの目を向けると、柊は気まずそうに笑った。

「祝えるようになったんだ。相手の奴は殺したいほど憎かったけど、今は『真のことを幸せにしてやってほしい』と思っているよ。……君のおかげでね」

「僕？」

「ああ。君という大切な人ができたから、真は俺の中で過去になったんだ」

「…………なっ」

嘘くさい！　と思うのに、顔が熱くなっていく。いや、信用してないからな！

「妬いてくれたのか？」

「ち、違う！」

「嬉しいよ。可愛い……」

覗き込んできたので慌てて顔を逸らした。これだけ熱いと、顔が赤くなっているかもしれない。そんなところを見られたら更に調子に乗ってきそうだ。

「本当は央だって、俺にこういうことをされて嬉しいんだろう？　最初の壁ドンの時だって喜んでいたし、今だってこんなに可愛い顔をしている。早く素直になった方がいいよ」

「…………は？」

今の言葉を聞いて、上がっていた熱がスーッと引いた。

こんなことをされて、僕はとても困っている。

嬉しいわけないだろ！　なんでも自分の良いように解釈して、僕の話を聞かない。僕の気持ちをわかってくれない。

僕の意思なんてどうでもいいのか？

「僕のことを勝手に決めるな！　お前の思い通りになんてならないからな！」

縛られ、抵抗できない状況だけど絶対にお前には屈しない。

「……そう。それならそれでいいけど。いつまで強がっていられるかな？」

柊の楽しそうにしていた空気は消え、一気に纏う空気が冷たくなった。

これから、何をされるのかは予想がつく。ＢＬゲームの世界らしくなってきたなあ、なんて、妙に冷静な自分がいる。腹を括った、というより諦めた。

この状況のこともそうだし、柊とわかり合うことも無理だ。柊から顔を背け、倉庫内に置かれた備品を眺めていると、頬や首で温かい感触が動いた。

……本当に僕の気持ちなんてどうでもいいんだな。

「……央？」

抵抗をせず、好きにさせていると柊の動きが止まった。

顔を見たくないから備品を眺め続けているが、柊が戸惑っているのが伝わってきた。

「ごめん……泣かせるつもりじゃ……」

そう言われて気づいた。僕の目から水が出ているらしい。

涙とは認めたくない、ただの水だ。

水が出たのは悲しいからじゃない。なんだか情けなくて、馬鹿らしくなったのだ。

「……本当にごめん」

柊の身体が離れていき、視界が明るくなった。

それでも動く気になれず倒れたままでいると身体を起こされ、ネクタイは解かれた。

自由になった手首が痛い。擦り傷もできていたし、赤く痕が残っていた。

こんなものを誰かに見られたらどうするんだ。家に帰ってからは、兄に見られないように気をつけなければ……と思っていると手を握られた。

「央……ごめんね。またやってしまった。本当は傷つけたくないんだ。でも、央まで他の奴に取られると思ったら焦って……」

「帰る」

犯行の釈明なんて聞いていられない。

「学校には言いませんから。安心してください」

チクらないから、もう放っておいてくれ。握られた手を解き、倉庫を出た。

大きな声で名前を呼ばれたけど、無視をして進むと追ってはこなかった。

校舎を出ると思っていたより時間は経っていなかったようで、部活をしている生徒の姿が見えた。少しだが泣い……いや、水が出たから、顔を見られないように俯いて歩く。

家に着くと、すぐに眠りたくなったが、確認したいことがあって洗面所に行った。

「よかった。全然なんともないや」

目元も赤くなかったし、縛られていた手首も少し痕ができていたくらいだ。

一通り気になっていたことを確認できてホッとすると、何か飲みたくなってきたのでキッチンに行き、コーヒーを淹れた。

兄のように上手に淹れることはできないが匂いは良い。

カップをテーブルに置くと、兄が柊からもらった花に目がいった。

まだ飾っていたのか。今すぐ燃やしてしまいたい。

「その花、そんなに気になる？」

「!? あ、おかえり」

振り向くと、兄が帰ってきていた。びっくりした……全く気がつかなかった。

「それね、柊さんがくれたんだよ」

「ふーん」

知っているし、今柊の話は僕の地雷だ。いや、今だけじゃなくこの先ずっと地雷だ。

少しでもかすったらすぐに爆発してやる。

「あれ？　知ってたんだ？」

「興味ない」

だから爆発するって。これ以上話を振られないように自分の部屋に逃げることにした。

「今度は央が妬く番かな」

「……はあ？」

キッチンを出ようとしていると意味不明な言葉が聞こえてきた。

思わず顔を顰め、兄を睨んでしまう。

「オレが柊さんに花なんてもらったから、気に入らないんじゃないの？」

「はあ!?」

兄はにこにこと笑っている。どこか癇に障る優しい笑顔だ。

「前は関わるなって言っちゃったけど、もう大丈夫だよ」

「……なんの話？」

「柊さんのこと。あの人、変わったよ。変えたのは央だよ？　オレはびっくりしちゃった。

まさか、祝福してもらえる日が来るなんて」

「？」

変わったって……どこが？　最新の出来事といえば襲われたのですが？

残念ながら兄の言っていることは大外れだと思う。

柊に襲われた翌日も、楓と一緒に登校した。

校門で柊が待ち構えているかと思って気を張ったが、それは空振りに終わった。

結局柊と会うことなく授業は進み、その間に連絡が来ることもなかった。

一切関わりなく過ごすことが久しぶりで、僕は少し調子がくるってしまう。

ホールで昼食を食べ終わり、教室に戻りながら「柊は今日、どこかに行っているのかな」と思っていると、窓の向こうに見覚えのある車を見つけた。

突然、引きずり込まれた嫌な記憶を思い出していると、その犯人が姿を現す。

いたのか、と思っていると柊と目が合った。

「…………」

「ん？」

いつもは遠くても微笑んだり、軽く手を振ってきたりするのだが、目を逸らされた。

……どうしてだ？　目が合ったと思ったのは気のせいだったのだろうか。

午後の授業が終わり、窓から花壇を見ていると再び柊の姿を見つけた。

また目が合ったはずだが、今度も逸らされた。……なんなの？

授業は終わり、帰宅しようとしていると、今度は柊とばったりはち合わせた。

「……どうも」

「…………」

お互いに立ち止まったし、目が合っているから声をかけたのだが柊は無言だ。

お通夜のような暗い顔をしてそのまま去って行く。

「はあ？」

なんでセクハラ被害者の僕が無視されなきゃいけないんだ⁉

柊のお通夜状態はその後も続いた。翌日もどんよりとした柊と何度か遭遇したが、話をすることはなかった。それどころか、明らかに僕を避け始めている。

何度も言うが、被害者は僕の方なのですが！

怒鳴りたい衝動を我慢していたが、日に日に苛立ちは増すばかり――。

やっぱりおかしい、僕がこんなに我慢しなきゃいけないなんておかしい！

気がつけば足は用務員室へと向かっていた。

「！　あれは……」

用務員室の手前、廊下の先で探していた背中を見つけた。綺麗なオレンジ色の髪が輝く後頭部を見ているとスリッパでパシーンッと叩いてやりたくなる。

怒りに任せドカドカと追いかけて行くと、僕の殺気を察知したようで柊が振り返った。

僕を見ると目を見開き、慌てた様子で用務員室の方へ進み始めた。

だからなぜお前が逃げるんだ！　更に怒り（つの）を募らせ、逃がすまいと追跡（ついせき）。

用務員室に逃げ込まれるギリギリのところで追いついた。

扉まであと少しというところで腕を摑み、正面を向かせるように引っ張る。

「あのさあ！　その反応はなんなんだよ！」

「……離してくれ」

久しぶりに聞いた声は暗く、負のオーラが湧き出ていた。

「なんでそんなに沈（しず）んでるんだよ！　沈みたいのは僕の方だからな！」

「俺はもう……君には近づかない。……今まですまなかった」

「は？　……なんだよそれ」

自分の中で、ブチッと血管が切れた音がした。

今まですまなかった？　そんな一言で済まされてしまうのか。

散々かき乱されてきたし、今だって気がつけば柊のことばかり気になっているのに！

「もう知らない……馬鹿馬鹿しい。勝手にしろ！　じゃあな！」

摑んでいた手を放り投げるように乱暴に離した。

二度と会いに来ることはないし、話をすることもないだろう。

「央……！」

手を離した時に、ショックを受けているような顔が見えて更に苛々が増した。

「近づかない」と言ったのは自分なのに、捨てられた子犬みたいな目をするな！

ここにはもう一秒たりともいたくなくて、走りだそうとしたら——。

「待って……！　引き留めてごめん……でも、聞いて……」

柊が僕の腕を掴み、必死に止めてきた。

振り解こうとしたが、縋るような目を見るとできなくて……。

「……用務員室の中で聞く」

人目につくこんなところでできる話じゃない。僕と柊はすぐに用務員室に移動した。


中に入ると、柊は僕に向かってぽつぽつと話し始めた。

「俺みたいなのが央のそばにいたら駄目なんだ。また暴走して、央を泣かせてしまうかもしれない。わかっているから、離れようと頭では思うのに……駄目なんだ。見ちゃいけないと思うのに我慢できない。君を探してしまう。……どうすればいい？」

「は？」

僕に関わってこなかったのは、僕のために身を引いていたってこと？

強引だった柊がそんなことを考えてくれていたなんて……悪い気はしない。

少しだけ、ほんの少しだけ怒りのボルテージが下がった。

「自分で考えろよ。聞いてほしい時に人の話を聞かないくせに、そんなことを質問するな」

「君のそばにいたい……駄目、かな？」

そう言う柊は心細そうな顔をしていた。

お前のデフォルトは妖しい笑みだろう？

「……少しは、僕の話を聞いてくれるなら」

「え……？」

「柊さんは押しつけるばかりだ。僕の気持ちとか、全く聞こうとしないじゃないか」

「……聞いたら断られるだけだ。俺のことなんて嫌だろう？　嫌がられるとわかっているけど、我慢できないから押し通すしかないじゃないか」

どんな理屈だよ。柊らしいといえば柊らしいが……。

「その嫌だと思っているのも、決めつけているじゃないか」

「……嫌じゃないのか？」

柊が驚いたような、何かを期待しているような顔をする。

「嫌だけど！　でも、本当に嫌だったら、学校に言ったりしていたわけで……そういうことはしようとは思わなかったから、僕は……。……はあ、もういいや」

「大事なところで面倒くさがらないでくれ」

柊が真剣な顔で見つめてくるが、僕はもうあまり話したくない。

だって、話しているうちに見ないふりをしていた気持ちを自覚してしまった。

どう考えても、僕は柊のことが好きらしい。

逃げ出したくなったのだが、柊はジーッと僕を見つめ、次の言葉を待っている。

そんなに期待されても……何を言えばいいのかわからないって！

「……僕を兄ちゃんの代わりにしてないんだな？」

こんな台詞を吐く自分が恥ずかしい。

まるで「好きなのは兄ちゃんじゃなくて僕だよね？」と確認しているようだ。

柊の顔を見ることができず、反対側に顔を逸らした。

「俺はね……本当は君のような子は苦手だったんだ」

「え」

穏やかな声で、ショッキングなことを言われた……。

頭の上にズドーンと岩が落ちてきたようだ。『苦手』って！

「俺には君が眩しすぎるから。自分にないものを見せつけられているようで。それは真も同じだったんじゃないかな」

言われていることがよくわからないし、兄の話が出てくるのも謎だ。

「俺は真に自分に近いものを感じていたから、惹かれた気がするんだ。今思えば、真を想うことで自分に空いた穴を埋めたかったのかもしれない。でも君といると、自分に穴が空いていたことさえ忘れてしまうくらい満たされる。君がいなくなったら……俺はもう立ち直れない。真じゃ駄目なんだ……」

柊の言葉は、僕には難しいけれど……。

兄じゃなくて、僕を必要としてくれていることがわかったから、それでいいや。

「よくわかんないけど、柊さんをそばに置いてあげてもいいよ」

「…………」

反応を待っているのだが何もない。なんで⁉ 不安になって顔を上げると大きく目を見開いて驚いている柊と目が合い、慌てて顔を下に戻した。

「央……それは……俺を受け入れてくれるってこと？」

「だって、僕がいないと穴が空いちゃうんでしょ？ だったら別にいてあげるけど」

「央……！」

柊は僕を抱きしめようと手を広げたが……踏み止まった。

「抱きしめてもいいか？」

「……今は聞かないでよ」

僕の話を聞く、ということを実践してくれたのは嬉しいけれど、改めて聞かれると恥ずかしい。ここは勢いよく抱きしめてくれたらよかったのに……。

許可を得た柊が、僕を正面からぎゅっと抱きしめた。

「ちょ、苦しい！」

抱きしめる力が強すぎる！　抗議すると、すぐに力を弱めて、僕を腕から解放した。

緩めるだけでよかったのに……。

身体が離れたことにがっかりしていると、顔を両手で挟まれた。

「……していい？」

何を……？　なんて質問をする余裕は与えられず——。

「……んーっ！」

上を向かされ、口を塞がれた。答えてないのに、勝手にキスをするな！

「おまっ……やっぱり人の話聞かないじゃん！」

「ははは」

突き飛ばして抗議をすると、久しぶりに綺麗すぎて腹の立つ笑顔を見せた。

今まで気を張っていたからか、力が抜けた僕はソファに座った。

すると、隣に座った柊が、今度は優しく抱きしめてきた。

「もう泣かせないから」

「一度たりとも泣いてないし」

いつぞやは水が出たけど、あれは違う。

「あ。でも、こういうことでは泣かせるかもしれない」

「は？」

何を言っているんだ？

そしてなぜ一瞬で、目に映る風景が天井になっているんだ？

「ちょっと待っていて。鍵かけてくるから」

「何するつもりだ！」

さっきまでお通夜状態だったのに、一気に元気になりやがって！

この道を歩き始めてしまったことを受け入れたけど、間違ったかもしれない。

どこかに引き返す道はないかな？　……まあ、あっても引き返すことはないだろう。

BLゲームの世界で主人公の弟に転生しましたが、僕も兄と同じ運命を辿りそうです。

Route
楓 秋人

青桐兄弟や柊から告白された翌朝。楓はいつもの時間に迎えに来てくれた。

楓からはもっと前に告白されているのだが、昨日は雛と言い争っている場面まで目撃してしまった。僕への想いを叫んでいた楓を思い出し、正面から顔を見られない。

でも、見ていたことがバレないようにしないといけないし……どうしたものか。

「今日はあの子はいないんだ？」

「雛か？　そうみたいだな。まあ、また一緒に行きたくなったら、そのうち来るだろ」

昨夜、散歩の時に話した感じだと来ると思っていたのだが……。

楓も雛のことが気になっているようだが、それ以上は何も言わなかった。


一日の授業が終わり、放課後になった。帰宅部の僕は、後は家に帰るだけだ。

「アキラ、どこかに寄って行かない？」

テニス部に所属している楓だが、今日は部活がないようだ。いつもならそういう日は、二人でどこかに遊びに行っていたのだが、今は二人きりでいるのが気まずい。

「今日、僕は用事があるから……。また今度な」

そう言って手を振り、帰ろうとしたのだが……。

「……嘘だ」

楓が僕の腕を摑んで止めた。

驚いて楓を見ると、怒りと悲しみが混じった暗い顔をしていた。

「ボクといるのが嫌？」

罪悪感で胸が痛くなる。ごめん……。

まだ頭の中が混乱しているから、もう少しそっとしておいてほしいんだ。

「そういうわけじゃ……本当に用事なんだよ。また、明日な」

「アキラ……！」

引き留める楓の声が聞こえたけれど、振り返らずに僕はそのまま走り去った。


家に着くと、誰もいない静かなリビングに入り、ソファにどかっと寝転んだ。

「はあ。また逃げてきちゃったなあ。……ごめん、楓」

頭の中で、雛と楓が言い争っていた場面が再生される。

『ボクは頑張ってアキラに自分の気持ちを伝えた！』

楓はいつも積極的に、言葉でも、行動でも、僕に好意を伝えてくれていた。

僕はそれに戸惑うばかりで、目を逸らしてしまっている。

楓の気持ちはわかっている……つもりでいた。でも、いつも大胆不敵な楓が、あんなに余裕のない表情で、僕への想いを叫んでいるのを聞いて胸が苦しくなった。

僕は自らＢＬになりたくなくて、『楓は男だから』という理由で真剣な想いを受け流していたのだ。

「本当に最低だな、僕は」

寝転んだまま大反省していると、インターホンが鳴った。郵便か何かだろう。

面倒だが再配達にしてしまうのは申し訳ないので、受け取りに向かった。

躊躇いなく玄関のドアを開けると、立っていたのは思いがけない人物だった。

「楓……？」

「しつこくてごめん。追いかけてきちゃった」

「…………」

「少しでいいから、話せない？」

僕はまだ心の整理がついていないから、応えるか迷ったが……。

「わかった。入れよ」

楓から逃げてばかりだったから、今はちゃんと向き合おう。

リビングに行こうとしたのだが、楓は僕の部屋がいいと言うので二階に上がる。

「泊まりにきた時、ここで寝たかったな」

部屋に入るとすぐに楓が呟いた。

「兄ちゃんがいて楽しかっただろう？」

「うん。でも……ボクはアキラが好きだから。アキラと二人きりだと嬉しい」

そう言われても、どう返事をしたらいいのかわからない……と思っていたら、楓が僕のベッドに飛び込んだ。

「……おい、何をやってんだよ」

「ここで寝られなかった分を回収してるの。……アキラの匂いがする」

「そんなに臭くないぞ」

「臭いなんて言ってないじゃん。良い匂いだよ。……安心する」

「ソウデスカ」

返答に困ることばかり言わないでほしい。

「アキラ」

「うん？」

顔を向けると、ベッドの上で身体を起こした楓が手招きをしていた。

僕はまだ部屋の入り口付近で突っ立っていたので、近くに座れと言っているのだろう。

呼ばれるままに近づいたその時――。

「おわっ！」

楓は僕の手を掴んだまま、仰向けでベッドに倒れた。

「危ないだろ！」

叱るつもりで前を見ると、すぐ下に楓の顔があった。僕は楓の顔の脇に両手をついて自分の身体を支えているから、気がつけば楓を押し倒したような体勢になっていた。

「アキラに襲われちゃった」

楓は観覧車で見た小悪魔のような顔で笑っている。

「お前な……。…………？」

抗議の視線を向けると、強気だった表情が一転した。

「こういうことされるの……嫌？」

不安げな楓の大きな瞳が揺れている。

訊かれている内容には答えられる。「別に、嫌ではない」と。

男同士だが嫌悪感はないし、どちらかと言えばドキドキしている。

でも、その先にあるだろう質問にはまだ答えられない。

「アキラが好きなんだ……止められない」

黙っていると楓の手が伸びてきた。白くて綺麗な手がするりと僕の首に回り、楓の体重が首にかかった。

「おいっ」

下からしがみつかれ、自分の体重を支えていた腕が下がりそうになる。

そうなると僕は楓を押しつぶすように覆いかぶさってしまう。

「楓、離せっ」

「嫌」

更にしがみつかれ、身体の間にあった空間が埋まっていく。肩に顔を埋められ、くすぐったい。僕の顔にかかる楓の髪もいい匂いだが……とても困る。

「アキラが好き。ずっと、ずっと前から……」

「…………え？」

ずっと前？　どういうことか訊くためにも、身体を離したいのだが……。

「駄目、このままで聞いて」

しっかりと首を固定され、止められてしまった。

しばらくこの体勢を崩すつもりはないようだ。

落ち着かないが、観念して大人しく話を聞くことにした。

「ボク、思い出したんだ。最初からアキラだったんだ。真先輩に一目惚れしたのだって、アキラのことが好きだったからなんだ」

「？」

兄より前に僕のことが好きだった、と言っているように聞こえるが……どういうこと？

楓は入学してからすぐに、兄を想うようになったはずだ。

「ボクのこと覚えてない？」

楓は腕の力を少し抜き、顔が見えるように身体を離した。何かを祈っているような真剣な瞳が僕を映している。

訊かれていることが『大事なこと』だとわかる。答えたいが……心当たりがない。

「なんのことだ？」

その言葉を聞いた瞬間、楓が落胆したのがわかった。

僕から目を逸らし、諦めた表情で遠くを見ている。

「……そっか。やっぱりアキラは女の子のお嫁さんがいいよね」

楓にとって大事なことを忘れているのは申し訳ないが、何かヒントをくれたら思い出すかもしれない。

詳しいことを話してほしいのだが、楓は自分の殻に籠もってしまったかように、僕の言葉に反応してくれなくなった。

「だから、なんの話だ？　ちゃんと話してくれなきゃ……」

「覚えてないくらい、どうでもよかったってことなんだろ⁉　今だってボクが女の子じゃないから駄目なんだ！」

急に激昂した楓に戸惑っていると、楓は僕をベッドから落とした。

打ちつけた背中が少し痛い。

「危ないだろ！　急に何を……。…………っ⁉」

起き上がろうとしているところに、楓が乗りかかってきた。

後頭部が床にぶつかり、ゴツンと鈍い音が鳴る。

「痛っ！　お前な……いい加減にっ」

言葉を最後まで言うことができなかった。

口が塞がれているからだ……楓の唇によって。

何が起こったかわからず固まっていたが、状況を理解してパニックになった。

「んーっ！」

苦しい……このままでは酸欠になる！

抗議をするが無視をされ、楓はなかなか離れてくれない。

頭の中では「初めてがコレか」とか、意外に楓の力が強いことに驚いていたりするが、そろそろ考える余裕もなくなりそうなほど苦しくなってきた。

力を振り絞って楓を押し上げると、やっと離れた。

「……っは！」

ようやく取り込むことのできた酸素を深く吸い、呼吸を整える。

「お前……なんで……」

今までの怒りは消え、ただただ驚きでいっぱいだ。

倒れたまま楓を見上げると、僕に跨っている状態でこちらを見下ろしていた。

楓も少し呼吸が乱れている。口元が気になるのか、手の甲に口を当てて隠した。

そして、僕と目が合うと力なく微笑んで囁いた。

「これくらい許して。これだけしたら、記憶に残すくらいしてくれるでしょ？」

僕はまだ固まったままで、返事ができない。

景色のように、楓を眺めている。

楓はそんな僕を見てクスリと笑ったあと、部屋を出ようとドアノブに手をかけ――。

「ばいばい、『あっくん』」

そう言い残して去っていった。

……あっくん？

小さい頃はそう呼ばれていたが、その頃に楓と出会っていたのだろうか。

何か思い出しそうな気が――。

『やっぱりアキラは女の子のお嫁さんがいいよね』

『あっくん』

「…………っ‼」

はっきりとは見えないが、頭の中にぼんやりとした輪郭が浮かび上がってきた。

でも、それ以上ははっきりしない……。

そんなことより、今は楓を追いかけた方がいい。わかっているのに……足が動かない。

追いついたところで何を言えばいいのだろうか。

そもそも僕は、楓をどう思っている？

寝転んだまま、腕で視界を塞ぎ考える。

さっきの「ばいばい」はきっと本物だ。このままだと終わりになってしまう。

さよならを言っていた時の楓の顔が脳裏に浮かぶ――。

「……このまま『さよなら』なんて嫌だな」

そう呟くと、一気に視界が晴れた気がした。きっと、答えはずっと前から出ていたのだ。

でも、それを簡単には受け入れられない、躊躇させる壁がある。

それは、やっぱり楓が男だからだ。

僕は何が一番大事なのだろう。何を失いたくないのだろう。

「……追いかけよう」

僕はすぐさま、家を飛び出した。

「家に帰っちゃったかな……あ」

楓が行きそうな場所といえば……。

以前、泣いた楓を落ち着かせるため、ブラックコーヒーを買って渡した、あのベンチを思い出した。

自然と足がそちらの方向に行った。……なんとなくだが会える予感がする。

走って辿り着いた先にあの時の自動販売機を見つけた。

「……いた」

近くのベンチには、予感の通りに探していた姿があった。

だが、顔は見えず輝く金の髪が見えるだけ。ベンチに足を上げて、膝を抱え俯いている。

「楓」

声をかけると、丸まった身体が微かに動いた。でも、それ以上の反応はない。

近づくと嗚咽が聞こえてきた。……泣いているようだ。

「なんで来ちゃうかな」

震える声で、心底迷惑そうに呟いた。その様子がなんだか痛々しい。

逃げられないか不安を感じつつ、ゆっくりと隣に腰掛けた。

「……思い出したよ。『あきちゃん』」

これは僕が幼稚園児の頃の話だ。

園児達の中で結婚の話が流行り、「パートナーがいない奴はダサい」という風潮になったことがあった。

当時の僕は雛のことが好きで、当然雛に告白したのだが「まことにぃのほうがすき」とフラれてしまった。

玉砕して自暴自棄になり、砂場を荒らしていた僕の前に、一人の女の子が現れた。

「ボクがおよめさんになってあげてもいいよ！」

それは、金の髪を一つに束ねた、雛にも負けないとても可愛い子だった。

大喜びした僕は、その場でその子と結婚することを約束した。だが、後日——。

実はその子が男の子だったと知った僕は、「結婚できないじゃないか！」と怒って口を利かなくなった。

その子を僕は『あきちゃん』と呼んでいた。『楓秋人』だから『あきちゃん』か。

話さなくなったことで、忘れてしまったのかもしれない……。

「……思い出さなくてよかったのに」

「そんなこと言うなよ」

「ボクには辛い記憶だよ。男だってことを怒られて、それからアキラは話さえしてくれなくなった。いつの間にかあの子と仲直りしているし……。辛すぎて記憶を消したのかもしれない」

「……ごめん」

「思い出したのは、真先輩にアキラが好きか聞かれた後だったんだ」

楓はそう零して、自嘲気味に笑った。

「アキラのことを好きになる前に思い出していたら、こんな思いをせずにすんだのに……。

『女の子じゃないから』なんて思いながら、また泣くことになるなんて……ちっとも学習してない」

幼い頃の僕が、楓の心を深く傷つけていたようだ。『女の子じゃない』というワードが楓のトラウマになってしまっているのかもしれない。

だからさっきも、あんなに傷ついた様子だったのだろう。

「もう、放っておいてよ……」

「放っておけないから困っているんだろ」

「だったら受け入れてよ！　はっきりして！　中途半端に優しくしないでよ！」

雛と言い争っていた時のような余裕のない叫びだった。

「また子どもの頃みたいに『女の子じゃないくせに』って無視すればいいじゃないか……」

そう言うと、再び抱えた膝に顔を埋めて泣き始めてしまった。

どうして子どもの頃の僕は、楓に冷たい仕打ちをしてしまったのだろう。子どもの頃の自分を殴ってやりたい。

「子どもの頃のこと……ほんとにごめんな。僕が馬鹿だったんだ」

「アキラのそういうところ、嫌い」

「……ごめん」

謝ったからといって簡単に許せないだろうし、すぐに傷が癒えるわけもない。

何も言葉が出ず、しばらく黙っていたが、一つ大事なことを思い出した。

「この前の朝、持ってきてくれたホットサンド、美味かったよ。ありがとう」

「……このタイミング？」

「いや、お礼を言うの忘れてたなと思って……」

「……ほんと、嫌い」

さっきはいきなりキスをされたのに、今度は二回も嫌いと言われた。

『どっちなんだ、忙しい奴だ』と、閉じた貝のような状態の楓を見て少し笑ってしまった。

そうして肩の力が抜けると、色々なことが話せそうな気がしてきた。

頭の中はまだ纏まっていないし覚悟もできていない。

けれど、そんなことも楓に聞いてほしいと思った。

「僕は楓ほどしっかりしていないんだ。だから、楓の真っ直ぐな気持ちを受け止められる器がなかったんだ。でも、わかったことがある」

隣の貝を見るが、未だ閉じたままだ。それでも、話は聞いてくれているだろう。

「楓が僕のそばからいなくなるのは嫌だ」

自分から距離を空けた時も言いようのない喪失感があった。

「さよなら」を言われた時は頭が真っ白になった。

「それに、楓が他の人のところに行ってしまうのも嫌だ」

例えば兄のところだ。やっぱり兄の方がよかった、と言われてしまったら……。

焦りのような怒りのような、黒くモヤモヤしたものが湧き出てきてしまう。

「今まで僕にくれた言葉や行動を兄ちゃんとか、他の人にあげてしまうのは……嫌だな」

横を見るといつからか貝は開いていた。

目を見開き、戸惑った様子でこちらを見ている。

その反応を見ると、自分の言っていることが恥ずかしくなってきて、思わず話す声も萎んでいってしまう。

「それが答えなのかなって、僕は思うのですが……」

気まずくなり、なぜか敬語になってしまった。

どう纏めるか頭を掻いて考えていると、横から衝撃が入った。楓がタックルするような勢いで抱きついてきたのだ。ぎゅっと力を込めて抱きつかれ、苦しい。

「気持ち悪いでしょ？　引き離してよ……」

何度聞かれても、気持ち悪いなんてことはない。

楓にベタベタされて、気持ち悪いと思ったことは一度もなかった。

「できないの？」

どうしようか考えていると、楓が次々と言葉を零していく。

「じゃあ抱きしめて。引き離すか、どっちかにして」

これが楓からの最終選択なのだろう。楓らしいやり方だと思う。

「強引な奴だなあ。でも……そういうところがいいのかもしれない」

そう呟き、抱きついてきている楓の背に腕を回して力を入れた。

「負けたよ。僕は楓のことが好きらしい」

『BLにはならない』だなんて、今思えば、自分を鎖で縛ったようなものだった。

そんなことを考えていなければもっと素直になれたし、楓を苦しめることもなかったのにと後悔の念が浮かぶ。

「アキラ……！」

謝罪も込めて、もう一度楓を強く抱きしめた。

「聞いたからね！　もう取り消せないからね！」

必死に詰め寄ってくる楓を宥めつつ、涙で汚れた顔を服の袖で拭いてやる。すると楓は、持っていたハンカチを僕に差し出してきた。これで拭いて、ということらしい。

すぐにハンカチが出てくるなんてやっぱり女子力が高い。

なぜこいつはこんなに女子力も高くて可愛いのに女子じゃないのだ。

……って、男とか女とか、どっちでもいいか。それよりも、重要なことに気がついた。

「ここ、移動しない？」

「なんで？」

気持ちに余裕ができると、ここが公共の場であることを思い出した。楓を好きになったが、オープンBLをするにはレベルが足りなさすぎる。

「そうだね。帰ってさっきの続きしよっか？」

まだ目元の腫れた楓が、嬉しそうに微笑む。

「さっき？」

もしかして、楓に押し倒された、あれの続きか？

それはさすがに展開が早すぎるのではないだろうか……。

とにかく移動するか、とベンチから立ち上がると、自動販売機が目に入った。喉も渇いたし、何か買っていこう。自分はカフェオレを買い、楓の方を見る。

「楓はブラックだよな？」

ベンチから立ち上がり、僕の腕を掴んだ楓が笑う。

「アキラの半分もらう」

「甘いけど？」

「飲めるようになった。っていうか、今はそっちの方が好き」

まさか、兄と同じ現象か？　嬉しいけれど……照れる。

赤くなりそうな顔を誤魔化していると、楓は小悪魔な笑みを見せた。こいつめ……。

そう言えば……はっきりさせておかなければいけないことがある。

「楓」

周りに人がいないことを確認し、一歩前に出た。

歩き出そうとしていた楓を呼び止め、腕を摑んで引き寄せる。

綺麗な顔を捕まえ、さっき楓にやられたことをやり返す。今度は楓が窒息する番だ。

「んんっ！」

しばらくして、離してやると目を見開いて僕を見ていた。みるみる顔が赤くなっていく――。

それを見ると、仕返しが成功した感じがして思わず口角が上がった。

「僕はされるよりする方がいいから。わかった？」

そう言うと、楓が更に顔を赤くしてコクンと頷いた。

「よろしい」

大事なことを理解していただけたようで何よりだ。

それにしても、可愛い彼女が欲しいと思っていたけれど、可愛すぎる彼氏ができてしまうとは……幸せだ。

ＢＬゲームの世界で主人公の弟に転生しましたが、僕も兄と同じ運命を辿りそうです。

Route
青桐夏緋

夏緋先輩と会長から告白されるという信じられないことが起きた翌日。

僕は生徒会室に行くべきか、迷いながら廊下を歩いていた。

さすがに三人で顔を合わせるのは気まずい……。

「央」

「！　会長……」

「驚いた顔をして、どうした？　俺のことを考えていたのか？」

どことなく、今までとは違う柔らかい表情に見えて戸惑う。

「……考えたり、考えなかったりです」

「ハハッ、正直だな」

昨日の今日だから、僕は戸惑っているのだが、会長は気にしている様子はない。

僕も気にしないようにするべきかと思っていたら、視界に入ってきた青い髪に目が吸い寄せられた。……夏緋先輩だ。

ジッと見ているのも気が引けて、チラチラ見ていると目が合った。

その瞬間、昨日の告白が蘇ってきて、顔に熱が集中した。

こんな状態なのに、夏緋先輩が近づいてくる……！　焦った僕は逃亡した。

「央！」

会長の呼び止める声が聞こえるし、夏緋先輩の驚いているような顔も見えた。

でも、夏緋先輩と話すのが怖いというか……緊張する……！

今も心臓がすごい速さで波打っているし、多分まともに話せない。

会長とは話せたのに、夏緋先輩の顔は見られなかった。

逃げ切ることができてホッとしたが、驚いていた夏緋先輩の顔が頭から離れない。

……僕はどうしちゃったんだ？

✦

翌日も僕は、偶然何度か夏緋先輩と遭遇したのだが、全て挨拶もせずに逃亡した。

だって、夏緋先輩の顔を見ていたら、どうしたらいいかわからなくなる……。

「ずっとこんなことをしているわけにはいかないよな……少し頭を冷やそう」

授業の合間の短い休憩時間に、屋上に行って風にあたることにする。

「天地」

少し急ぎながら階段を上っていると、後ろから呼び止められた。

この声は……。一気に心臓の音が大きくなった。

条件反射で逃げようとしたが、夏緋先輩に腕を掴まれた。

驚いて振り向くと目が合った。

「逃げるな」と怒られるかと思ったが、夏緋先輩は無表情で、怒っている様子はなかった。

「……そんなに嫌だったのか？」

「？」

なんのことかわからず、答えられずにいると、夏緋先輩は静かに口を開いた。

「……この前言ったことだが」

「！」

告白のことだと悟り、緊張した。心臓の音も速くなる。

「あれは……忘れろ」

「…………え？」

夏緋先輩はそう言うと、踵を返して静かに去って行った。

僕はその背中を、黙って見送ることしかできなかった。

「……告白をなかったことにしろってこと？」

僕のことを好きだと言ったのも嘘だった？

夏緋先輩に何か言ってやりたい気持ちはあるが……言葉が出てこなかった。

ただただショックで、どうしたらいいかわからず立ち尽くしてしまった。

翌日、夏緋先輩とまたばったり鉢合わせてしまった。昨日の今日で気まずい。

でも、こんなに向かい合っているのに、無視をするわけにはいかない。

「おはようございます」

「……ああ」

挨拶だけすると、夏緋先輩は返事をくれたが、話しかけてくることはなかった。

もちろん僕からも話しかけない。

何か言いたそうな顔はしていたけれど、気づかないフリをして通り過ぎた。

これまでは毎日、用事がなくてもスマホでやり取りをしていたが、そういうのもこれからは難しそうだ。少なくとも僕から連絡する気はない。

そう思っていたら、夏緋先輩からも連絡はなかった。学校で会っても挨拶だけ——。

気まずくて会う可能性がある場所にもなるべく近づかない。そんな一週間を過ごした。

放課後。職員室で用事を済ませ、廊下を歩いていると急に頭に手を置かれた。

「央」

「うわあ、会長だあ」

今はあまり会長の相手をする元気はないのだが、学園の支配者を無視するわけにはいかないので足を止めた。

「随分しけたツラをしているな。それにお前、どうして生徒会室に来ないんだ？」

「会長ほど暇じゃないんで……」

つい言ってしまったが、会長のニヤリと笑う顔を見て「しまった」と思った。

「ほう？　じゃあ、これからは俺の方からお前の教室に出向いてやろう」

「それは困ります！　僕が生徒会室に行きますから！」

本当は早く帰りたいのだが、僕の平穏な日常を守るためには、教室に会長が来ることを回避しないと！

「今日は生徒会室じゃなくて、いいところに連れて行ってやる」

「え」

城での悪夢が脳裏に蘇ってきた。嫌な予感しかしない。

「遠慮します！　……って言っても無駄なんですよね。鞄取ってきます」

条件反射で断ったが、この人は会長だということを思い出した。

抵抗するのは時間と労力の無駄だと諦め、大人しく従うことにしよう。

意気揚々と進む会長の横に並び、学園を出てバスに乗る。

今度はどんな辺境に連れて行かれるのかと怯えていたが、三十分も経たないうちにバスから降りた。

近場でよかった！　と安心する僕の目に巨大な建物が入る。

「ここは……」

「水族館だな」

海の生き物の写真やイラストが、至るところに飾られている。建物の前にドンと置かれたホッキョクグマの像には、跨って記念写真を撮っているカップルがいた。

またデートスポットか！

「兄ちゃんとのデートプランを僕で試さないでください」

「そんなわけないだろ？　この前お前に伝えたことをもう忘れたのか？　もう一度ここで言ってやろうか？」

「お、覚えてます！　じゃあ、ここには何をしに来たんですか？」

僕の質問に、会長はニヤリと笑っただけで何も答えない。

追及したら藪蛇になりそうだから、聞かないようにしよう。

「あれ？　ここって……！」

よく見るとここは、僕が一度来てみたかった場所だった。色んなイベントが行われていて、特に今は僕がプレイしているオンラインゲームとコラボをしている。

開放された新エリアを再現したイベントエリアがあるのだ。

「行きましょう！　今すぐ！」

一気にテンションが上がった。一緒に来てくれる人がいなくて諦めていたのに、まさか会長に連れてきてもらえるなんて！

機嫌がよくなった僕を見て、会長は嬉しそうだ。そんな姿を見ると、妙に悔しくなったけれど今は許す！

僕は会長を置いていく勢いでチケットを購入し、入り口のゲートを潜った。

「お前が行きたい場所は一番奥のようだな。すぐに向かうか？」

あの会長が僕に選択肢を与えてくれたことに驚きと感動を覚えつつ答える。

「いえ、せっかくなんで、ゆっくり見て行きましょうよ」

まず見えたのはペンギンだった。気温が低くなくても大丈夫な種類のようで、屋外の岩場で突っ立っている。ちょっとマヌケな感じが可愛い。でも……。

「臭え……」

「臭いですね……」

餌か何かわからないがとても生臭い……。

「夏緋先輩がいたら、すごく文句言いそう」

釣りの時にもずっと文句を言っていたし、足を止めずに通り過ぎそうだ。

そんなことを思っていると、会長が妙に怖い顔になった。

「僕、何か怒られるようなこと言いました？」

「………。行くぞ」

返事はないが、明らかに不機嫌になった会長に続いて先に進む。

建物内の水槽には色んな魚がいた。

魚だけではなく他の海の動物もいる。

ゆっくりと進んでいた会長の足がラッコの水槽の前で止まった。

手を繋いで泳いでいるラッコが気になったようだ。

「可愛いですね」

隣に並ぶと、会長はジーッと僕の顔を見てきた。

あれ、同意を得られない？　と思っていたら、会長が僕の手を握った。

「一応聞きますけど……何をしているんですか」

「手を繋ぐのがいいんだろ？」

「それはラッコの話です！」

ブンブン振って手を解くと、会長がニヤリと笑った。

「遠慮するな」

「します！　もう次に行きますよ」

会長を置いて歩き始める。人がたくさんいるのに、手を繋ぐなんてやめてほしい。

「まったく……夏緋先輩がいないと大変だなあ」

監督してくれる人がいないと油断できない。

「お前、さっきから夏緋のことばかり言っているぞ？　そんなに夏緋と来たかったか？」

「はい？」

追いついてきた会長が、不機嫌そうにそう訊いてくるが……。

「……そんなことないですけど」

「一緒にいるのは俺だぞ？」

「……わかってますよ」

そう返したが、会長は不服そうだ。少し気まずい空気のまま、僕達はとうとうイベントエリアに辿り着いた。

早速足を踏み入れると、そこには別世界が広がっていた。

「わあ……すげえええええっ!!」

巨大な水槽の底にパイプ状の通路が通っていて、海底から海の世界を楽しめるような構造になっている。

ライティングが工夫されていて、竜宮城のような幻想的な空間になっていた。

ゲームに出てくるモンスターのオブジェが沈んでいたり、魚人風のウェットスーツを着た飼育員さんが泳いでいたり、ゲームの世界が見事に再現されていた。

まるでゲームの中に入ったようだ。しばらく見入っていると『カシャ』という音と同時にフラッシュの光に照らされた。

「……会長、何撮ってるんですか。盗撮はやめてください」

ニヤリと笑う会長が、スマホのカメラレンズを僕の方に向けていた。

「自慢してやろうと思って」

「はあ？」

盗撮は気に食わないが、時間がもったいないので、構わずにエリア内を楽しむ。

ここに来るともらえる、衣装アイテムのシリアルナンバーも受け取ったし、至福の時間を過ごした。

「今日はありがとうございました！」

水族館を出て、バス停を目指しながらお礼を伝えた。

「楽しそうだったな」

「はい！　とっても！」

今日はトラウマができることもなく、本当に楽しかった。

ホクホクしながら歩いていると、まじめな顔をした会長が話しかけてきた。

「央。前にお前と二人で出掛けたことがあっただろ？」

「あ、はい。古城ですね」

「そうだ。あれから夏緋が、真剣な顔をしてスマホを弄るようになった。画面を覗いてみたら、遊びに行くような場所を調べていた。中でも一番よく見ていたのがここだ」

「へえ……」

「お前が好きそうな場所だよな」

「…………っ！」

それはつまり……ここは、夏緋先輩が僕を連れてくるために調べていた場所ってこと？

会長はどうしてそんな話をするのだ。僕は返す言葉が見つからない。

……でも、それが本当なら……嬉しいと思ってしまった。

「お前、真とケンカをするか？」

「あまりしません。兄ちゃん相手だとケンカになりません。大体悪いのは僕だし」

「そうだろうな」

即、肯定するな！　兄が悪いことだって…………なかったな。

「会長と夏緋先輩はするんですか？」

「ガキの頃はよくやったな。だが……いつの間にかあいつは俺が何やっても我慢するようになった。つまんねえ奴になっちまった」

きっと会長には何を言っても無駄だと諦めたのだろう。夏緋先輩が不憫だ。

「でも、久しぶりにやり合うことになるかもな」

会長が意味深にニヤリと笑っている。ケンカ予告ですか？

物騒なので、どうか僕は巻き込まないでくださいと願うばかりだ。

「央、おはよう」

翌日の朝。校門前で会長に会った。すぐに肩を抱かれたので、ナチュラルに外そうとしたが……力が強いな！

「会長、おはようございます。腕、重いです」

「いい朝だな。天気はいいし……後ろを見てみろ」

「え？　………っ！」

言われた通りに振り返ると、そこにはブリザードを纏い、氷の目で怒りをあらわにしている夏緋先輩が立っていた。

「ひぃっ！」

見ていると凍ってしまいそうで、慌てて視線を逸らした。

「なんか超不機嫌っぽいですけど！　何をしたんですか！」

「さすがに怒ったが、俺の方が堪えてやっているんだ。あれくらいしても許されるよなあ？」

「なんの話ですか？　僕を巻き込まないでくださ――」

「手をどけろ」

僕の肩に回されていた会長の腕を、夏緋先輩が叩き落とした。

「……ほう？　俺とやり合う気になったか？」

魔王のようなオーラを放ちながら、会長が夏緋先輩に詰め寄る。こわっ！

「だが悪いな。お前を構っている暇はないんだ。俺は央との時間が大事だからな」

会長はそう言って再び僕の肩を抱く。なんの仲良しアピールですか！

「ちょ……会長……！」

「…………チッ」

あたふたする僕と会長を見て、夏緋先輩は舌打ちをして先に行ってしまった。

「……もう一押しか」

会長が何か企んでいるようだが……できれば、そっとしておいてほしい。

朝から青桐兄弟のケンカに巻き込まれそうになり、疲れを感じた一日だったが、無事に授業を終えた。帰宅部の僕は、真っ直ぐ家に帰ってゴロゴロしようと思ったのだが……。

「央、行くぞ」

教室を出たら、会長が待ち受けていた。

どうりで女子達がそわそわしていたわけだ。

「唐突！　どこへ行くか説明して……はーい、行きまーす」

僕の返事を聞かずに歩き出した会長に大人しく続く。こんな扱いをされても従ってあげるなんて、僕っていい子だ。

会長は予想通り、生徒会室に入った。扉を閉めて用件を訊く。

「それで、今日はなんの用ですか？」

「いや、やっぱりお前を、アイツに譲るわけにはいかないと思ってな」

会長が目の前に立ち、僕の腕を摑んだ。

急になんだ？　と思ったが、ニヤリと笑っている会長を見て、逃げた方がいいという直感が働いた。

すぐに手を振り解こうとしたが、会長の馬鹿力には敵わず、あっという間に長机の上に仰向けになっていた。

手首を摑まれ、押さえつけられているから動けない。

目の前には会長の整った顔があり、僕を見下ろしている。

「急になんですか⁉」

驚きと戸惑いで動けない僕に構わず、会長の顔がゆっくり近づいてきた。

気づけば僕の首元に会長の頭が埋まっていた。

真っ赤な髪が僕の顔にかかってきているし、呼吸している息遣いも聞こえる距離だ。

どうすることもできずに固まっていると、会長が僕の耳元でぼそっと呟いた。

「……そろそろ来る頃だと思うんだがな」

なんのこと？　と混乱していると、廊下を走る足音が聞こえてきた。

「ほらな」

耳元で話されるとくすぐったい。大体、この状況はなんだ⁉

混乱していると、ガタン！　と壊れそうな大きな音を立てて生徒会室の扉が開いた。

扉を開けたのは夏緋先輩で……目が合った。

夏緋先輩は目を見開いて固まっている。

僕は突然の出来事に対応できず、ただ眺めてしまっていたのだが……夏緋先輩の顔がみるみる険しいものに変わっていく――。

「何をやってんだよ！　兄貴ッ‼」

ドカドカと入ってきたかと思うと、会長を僕の上から引きずり下ろし、胸倉を掴んで怒鳴った。ひいぃ、夏緋先輩が怖ぇぇぇぇ！

会長から解放された僕は、すかさず後ろに避難した。

「お前にあれこれ言われる筋合いはない」

会長は胸倉を摑む夏緋先輩の手を力ずくで剝がし、そう吐き捨てた。

夏緋先輩から「ブチッ！」とキレた効果音が聞こえたような気がする。ワナワナと震え、怒りを抑えきれない様子の夏緋先輩が会長に摑みかかり……思い切り顔面を殴り飛ばした。

うわあっ、もう逃げたい！　兄弟ゲンカが激しすぎる！

ほんわか天地家とは大違いだ。

「兄貴！　なんでも自分のものになると思うなよ！　これはオレのだ！」

「………え？」

夏緋先輩に引っ張られ、腕を摑まれている。なんの話だ？

「僕は夏緋先輩のもの」とか、そういう話に聞こえたが……。

「馬鹿が。そうやって最初から言えばいいんだよ。これだけ煽られなきゃ本音が言えないなんて情けねえなあ」

殴られた頰が赤くなっているが、そんなことは全く気にしていない会長が呆れたように笑った。………ん？　煽る？

会長の言葉を聞いて夏緋先輩の動きが止まる。僕の方をチラリと見るとぼそっと呟いた。

「……そういうことかよ」

何か納得したらしい。僕は解説が欲しいのだが……。

取り残された僕を無視して、青桐兄弟の間には穏やかな空気が流れ始めた。

……よかったけど、なんだったの⁉

「しっかし、なんださっきの情けねえのは。殴ったうちに入らねえぞっ」

言い切るのと同時に、今度は会長が夏緋先輩を殴り飛ばした。

明らかに夏緋先輩の時より威力が高く、夏緋先輩は後ろに倒れてしまった。

「夏緋先輩！」

「気合注入ってやつだ」

会長を見ると、心底楽しそうにニヤリと笑っていた。

「限度があるでしょうが！」

「大したことないだろ」

自分の弟なのに全く心配する様子がない会長が僕に何かを投げてきた。

焦りながらキャッチすると、それは生徒会室の鍵だった。

「ここをしばらく貸してやるよ。出る時に鍵をかけてこい。……夏緋。譲ってやるんだから、これからはしっかりしろよ？」

会長はそう言い残すと、生徒会室を出て行った。僕らはただ、その背中を見送った。

「……ははっ、情けないな。やっぱり兄貴には勝てない」

言葉は悔しそうだが、どこか嬉しそうに夏緋先輩が呟いた。

座り込んでいた夏緋先輩に近づきしゃがんで顔を見ると、会長よりも赤く腫れていた。

「何か冷やすもの取ってきます」

「行くな」

保健室に行こうと立ち上がったのだが、腕を掴まれて止められた。

でも、痕が残ったりしたら大変だし……と思っていると、掴まれていた腕を引かれた。

予想外の出来事で倒れてしまいそうになったところを受け止められ……。

「！」

気がつけば夏緋先輩に抱きかかえられるような体勢になっていた。

「この前の『忘れろ』は取り消しだ」

「え？」

この状況も、台詞も、突然すぎて理解できない。

「わ、わけわかんない！」

とりあえずこの恥ずかしい状況から逃げようとしたのだが、夏緋先輩にがっしりと捕まえられていて動けない。

抵抗したが、「動くな。黙っていろ」と怒られ……。

心を落ち着かせながら、大人しく言うことを聞くことにした。

「お前、兄貴とはこれまで通り仲良くしているのに、オレのことは避けただろ」

そんなこと……思いきりやったな。

目の前で、全力で逃亡してしまった。

「オレに好きだと言われたことが嫌だったのかと思ったんだ。だから取り消すことにした」

そうか……「忘れろ」と言ったのは、僕が原因だったのか。

確かに、告白した後に避けられたら、嫌われたのかと思っても仕方ないかも……。

「嫌だったわけじゃ……なんか意識しちゃって……。まともに顔が見られなかったんです」

正直に話すと、夏緋先輩は「そうだったのか」と微笑んだ。

「お前に嫌われるのが怖かったんだ。普通に話し合える関係を壊したくなかった。だから……好きだと言ったことを後悔した」

夏緋先輩が告白してくれてから、僕達は話すことがなくなった。

今思えば夏緋先輩は関係を修復しようと、僕に話しかけようとしていたのかもしれない。

「でも今は取り消したことを後悔している」

僕を拘束している腕に更に力が入った。苦しいけど、離してくれそうな気配はない。

「オレはお前が好きだ。もう取り消さない」

くっついていることで上がっていた体温が、更に上がるのを感じた。

きっと顔も赤くなっている。

バレるのが恥ずかしくて俯いたら、顔が夏緋先輩の身体に当たってしまった。

自分から擦り寄ったみたいな結果になり、一層顔が熱くなった。

「お前はどうだ？　少ない脳みそを使って考えたか？」

「…………っ！」

言われそうだと思っていた台詞を言われ、心臓が跳ねた。なんて答えればいいんだ⁉

「……まあいい。お前の返事なんかどうでもいい。オレの好きにする」

黙っていると、夏緋先輩が自分で答えを見つけてしまったようだ。

でも、僕もちゃんと言わないと……！　勇気を振り絞って顔を上げると、思った以上に近いところに夏緋先輩の顔があって驚いた。

思わず仰け反ったのだが顎を摑まれ、次の瞬間……視界は夏緋先輩で埋まっていた。

額に、唇に、温かいものが触れたかと思うと離れていった。

瞬きすることも忘れ、夏緋先輩を見た。しれっとした、何事もない表情をしている。

いつも通りのイケメンだが……。

「今、何かしました？」

「したな」

したんだ……そうか、夢じゃないのか……って、えええええ!?

「な、なんでですか！　こういうの気持ち悪いって言ってたじゃないですか！」

「お前だからいいんだろうが」

夢じゃないとわかるとパニックゲージが振り切れ、頭が真っ白になった。

挙動不審になってジタバタしているが、相変わらず夏緋先輩に拘束されたままだ。

っていうか、この人どうしてこんなに落ち着いているんだ！

「なんでそんなに冷静なんですか！」

「騒いだって仕方ないだろ」

「それはそうですけど……」

「騒ぎたきゃ騒げばいい。落ち着くまでこうしていてやる」

この体勢が一番落ち着かないのだが……。

夏緋先輩の顔を盗み見ると吹っ切れたのか、穏やかに笑っていた。

それを見ていると、僕も騒ぐことがだんだん馬鹿らしくなってきた。

「僕も……夏緋先輩だったら……いいかな」

考えないようにしていたが最初からわかっていた。僕は夏緋先輩が好きなのだ。

だから、告白してくれたことが嬉しかったし、なかったことにされたのが悲しかった。

「なんでこんなことになっちゃったんでしょうね」

　自らBLにならないと言っていた僕と、BLを毛嫌(けぎら)いしていた夏緋先輩が今こうやって抱き合っている。

「まったくだ」

　この光景を少し前の自分達に見せると、絶対嘘だと信じないだろう。

　お互(たが)い同じようなことを考えていたようで目が合い、思わず声を出して笑ってしまった。

「……じゃあ、続きをするか」

「……はい？」

　夏緋先輩は立ち上がり、扉の外を確認(かくにん)してから鍵を閉めた。窓の鍵も閉まっているか全て確認し、次は少し開いていたカーテンまできっちり閉めだした。

「あの……何をしているんですか？」

「お前は見られていいのか？」

「別に、話しているところくらい見られても……」

「続き、だろ？」

　当然のことのように言いながら、夏緋先輩が戻(もど)ってきた。続きって？

　ポカンと見ていると、いつの間にかさっきの恥ずかしい状態に戻っていた。なぜだ。

　あれ……まさか……続きというか、その先に進む気か？

　正気ですか？　確認するために目を見たがふざけている様子はない。

むしろ当然だ、そう言っている気がする。ちょっと、待ってくれ……。

「いやいや……そんな最初からフルスロットルで駆け抜けなくても……」

「お前の方が詳しいからな。ちゃんと教えてくれよ？」

詳しいだなんて……詳しいけど！　急にBLゲームの世界らしくなられても困る！

「落ち着いてくださいよ……」

「お前が落ち着け」

僕の方があたふたしていることは確かだが、正常な反応をしているのは僕の方だ。

この落ち着き方といい夏緋先輩の方がおかしい！

「逃げられると思うなよ？」

どうしてこうなった……。運命からもこの人からも逃げられそうにない。

BLゲームの世界で主人公の弟に転生しましたが、僕も兄と同じ運命を辿りそうです。

Route
青桐夏希

会長達に告白されるという信じられないことが起こった翌朝――。

階段を下りると、リビングがいつもより騒がしいことに気がついた。

兄を迎えにきた春兄の他に、聞き慣れた声がする……。

「嘘だろ……どうして会長が⁉」

兄や春兄と何を話しているのだろう。まさか、昨日のことを話していたりしないよな⁉

扉を少し開けてこっそり中の様子を窺う。

すると、はっきりと会長の声が聞こえてきた。

「――ということで俺は央に惚れた。本人にも伝えてある」

……うん、なんとなくそんな気はしていた。「昨日のことを話していたりしないよな？」

と思った瞬間、「やるだろうな」って。ある意味期待を裏切らない会長だ。

嫌な予感がしたら、大体その通りのことをやらかしてくれる。

どうして自分達の間だけで処理させてくれないのだ！　勝手に広げるなよ！

直前まで会長が何を話していたのか知らないが、兄と春兄は固まっていた。

「お前……央を真の代わりにする気か！」

硬直が解けた春兄が恐ろしい形相で会長に詰め寄る。兄が止めているが、振り切って
掴みかかる勢いだ。そんな激怒する春兄を前にしても、会長は涼しい顔だ。

「だからお前は馬鹿なんだ。さっきまで何を聞いていたんだ。全部説明しただろう」

「そんなもん信じられるか！」

「春樹、落ち着けって！　オレはさっきの話を聞いて納得したよ」

興奮する春兄とは違い、兄はとても落ち着いている。

「この前オレ達が揉めていた時、夏希はすごく冷静だった。明らかに以前とは違ったよ。その時にはもう、気持ちが央に向いていたっていうのは『なるほどな』って思ったし、薄々そんな気はしていた。春樹だって夏希が央を気にしているのがわかっていたから、央に近づかないように言っていたんだろう？」

兄に諭されて、春兄は気まずそうに視線を逸らした。

確かに春兄は会長を悪く言うことが多かったけど……そういうことだったのか？

「……どこまでも邪魔な奴だ」

「ああ!?」

会長の忌々しそうな呟きを聞いて、春兄の怒りスイッチが再び入ってしまった。

だから煽るなって！

「今回はお前の妨害に屈しない。ここで話したのは、あいつが俺の気持ちを信用しきれていないようだったからだ。お前が言うように、真の代わりだと思っているのだろう。だが当人である真とお前に俺の気持ちを話せば、信用できるようになるはずだ！」

会長は得意げな顔をして威張っている。こんな行動を取った理由はわかったが……ゆっくり考える隙も与えてもらえない感じが嫌だ。

決して嬉しくなんかないぞ……顔が熱くなってきたが、嬉しくなんかないからな！

誰か会長の行動力をなんとかして！　呆れたような、恥ずかしいような……あっ。

項垂れた拍子に壁に頭をぶつけてしまった。痛い。

「央！」

今の音で扉のところにいたことがバレてしまい、三人の視線が僕に集中した。

兄と春兄は、どこか心配そうな顔をしている。会長は……すごく笑顔だ。

「ちょうど良いところに来た。今、お前の話をしていたんだ。聞いてくれ。俺は真に、お前への気持ちを――」

「……リカシー」

「ん？」

会長が嬉しそうに話し始めたが、僕は聞きたくない。

昨日の今日で混乱しているし……兄や春兄の前でそういう話はやめてくれ！

「デリカシーがない！　夏緋先輩に習え！」

もう本当に嫌だー！　周到なデートプランを用意したり、兄の心構えを説いたりできるのに、どうしてこういうところは残念なんだ！

朝ごはんを食べていないが、もう登校しよう。

急いで靴を履いて家を飛び出した。

後ろから僕を呼ぶ会長の声が聞こえたので、追いかけてきているのだろう。

会長を引き離すことなんてできないので、近くの駐車場に停まっている車の陰に身を潜めた。

見つからないかヒヤヒヤしたが、会長が通り過ぎて行ったのが見えてホッとした。

……まったく、困った人だ。


「央、話がある」

放課後になり、早く帰ろうと身支度をしていると、会長が現れた。

授業が終わったばかりで、教室にはまだクラスメイトが大勢いる。

その中で突如現れたスーパースターの真剣な表情を見て、周りは何事かと色めき立った。

もう一度ここで叫びたい。「デリカシー！」と。

こんなに注目された中、今僕達の間に起こっている問題の話をされてはまずい。

「わかりました！　話を聞きますから、先に生徒会室に行ってください！」

「一緒に行こう」

「いいから先に行け！」

グイグイと背中を押すと、こちらを振り返りつつも渋々向かって行った。

「「………」」

クラスメイトの詮索するような視線を感じる。

恋愛のいざこざを疑っていることはないと思うが、これ以上注目されたくはない。

机の上を片付けると、急いで会長を追いかけた。


人目を避けながら走り、生徒会室へ向かっていると、目の前に見慣れた青が現れた。

壁に凭れて腕を組んでいる夏緋先輩が、僕に気づいてこちらを見た。

目が合うと、昨日の告白を思い出して戸惑う……。

「兄貴のところに行くのか」

「あ、はい」

今朝のことについての話だから、夏緋先輩も一緒に行きますか？　とは誘えない。

「行く前に……昨日の返事を聞かせてくれ」

「！　えっと、それは……」

「兄貴にはどう答えるんだ？」

早く返事をしなきゃと思うのに、色んなことが頭の中をぐるぐるして言葉が出ない。

「……悪い。焦らなくていい。……行ってこい」

夏緋先輩はそう言って僕の頭にポンと手を乗せた後、去って行った。

混乱している僕を見て、追い詰めないように引いてくれたのだろう。

会長と三人で過ごす時間は楽しかった。

僕がどちらかを選んだら、今までのように過ごすことはできなくなるのだろうか。


とぼとぼ生徒会室へ行くと、扉の前で腕を組んだ会長が待っていた。

「央、ちゃんと来てくれたんだな」

僕が来たことに安心したのか、嬉しそうに笑った顔を見ているとなんだか泣けてきた。

やっぱり、こんなにかっこよくて、成績優秀で、将来有望な人の隣にいるのは僕でいいのだろうか。

卒業して社会に出て、バリバリ働く会長の隣にいるのは、優しくて綺麗で料理が上手な女の人の方が似合う……。

会長に促されて中に入り、扉を閉めた次の瞬間に、会長の腕に捕まってしまった。

「央、朝のことだが……すまなかった。俺はまた何か、お前の気に障るようなことをしたのだろう？」

俺様な会長が素直に謝るなんて変な感じだ。

それだけ僕のことを大事にしてくれているのだと思うと嬉しいが……。

「俺が朝、お前の家に行ったのは——」

「離してください」

朝のことを説明しようとしているが、それを遮って会長の胸を押して離れた。

会長を見ると、驚いた顔で僕を見下ろしていた。

今から話す内容を考えると胸が痛むけど……ちゃんとしなきゃ。

「会長の気持ちは、ちゃんと受け取りました。兄の代わりじゃないこともわかりました。でも、僕はそれに応えられません」

会長か夏緋先輩か、どちらか選ぶなんてできないし、会長の将来のことを考えたら、僕と恋人になるなんて悪影響だと思う。

僕の言葉を会長は黙って聞いていたが、途中から寂しそうな表情になった。

それを見ると会長を傷つけていると自覚して、言葉が詰まりそうになったが言い切った。

「そうか。……わかった」

「…………っ」

わかった、という言葉を聞いて少し胸が痛んだ。

どうやら僕は自分から酷いことを言っておいて、すんなり受け入れられたことがショックなようだ。

そんな自分が嫌で、早く去りたくなった。

「じゃあ、そういうことで……」

逃げるように立ち去ろうとすると、会長に腕を摑まれた。

あっさり納得されたから、引き止められるとは思っていなくて驚く。

「それは本当に……お前の本心なのか？」

「……そうです。嘘でこんなこと言えません」

そう答えている間も胸が痛む。黙ってしまった会長の顔も見られない。

「……離せっ！」

強引に会長の手を振り解き、生徒会室を飛び出した。

しばらく走って振り向いてみたが……会長は追ってこなかった。

気持ちを落ち着かせるため、トイレの個室に逃げ込む。

「痛っ……」

摑まれた腕を見ると赤くなっていた。会長はまだ生徒会室にいると思うが、どうしているだろう。物に八つ当たりをして、椅子とか蹴っていそうだな。

つい、そんなことを思ってしまったが、もう会長のことを考えるのはやめよう。

会長の告白を断って数日経った。

会長とは時折目が合うが、すぐに逸らして逃げている。なんだか毎日が楽しくない。

放課後になったら真っ直ぐ家に帰り、ぼんやりする日々だ。

今日も放課後になるとすぐに家に帰ってきた僕は、リビングでダラダラしている。

学校にいる間は、会長のことが頭に浮かんでは消す、というのを繰り返すばかりで疲れた。

ソファに転がって全力で呆けていると、リビングに春兄が入ってきた。

「おい、央。青桐のことは振ったのか？」

「!?」

思わず身体が反応して飛び上がりそうになったが、なんとか平静を装った。

入ってくるなり藪から棒になんだ。その話題には触れてほしくない。

ジロリと春兄を睨んだが、僕のそんな視線には気づいていないようで、なぜか楽しそうに一人で話し続けている。なんでこんなに嬉しそうなんだ……腹立つなあ。

「それが良い。あの馬鹿に関わると碌なことがないからな」

……はあ？　春兄が会長の何を知っているんだ。

知ったようなことを言わないでほしい。

「馬鹿じゃないよ」

「うん？　……央？」

「気の利いたデートに連れて行ってあげられない春兄より断然かっこいいから！」

家で励むばっかりの春兄と違って、会長なら色々考えてくれるのだ。

しかも春兄にそのプランを譲ろうという男前っぷりだ。ちょっとは見習え！

春兄の驚いている顔が見えたが、構わず自分の部屋へ向かった。

これ以上ここにいたら、胃がキリキリしそうだ。

しばらくふて寝していると、ノックの音がして兄が入ってきた。

時計を見ると、いつの間にか夕ごはんの時間になっていた。春兄はもう帰ったはずだ。

ごはんの用意ができただけなら、いつもは階段の下から呼ぶ。

わざわざ部屋にまで来たということは、何かあるのか？　と兄の顔を見ると……。

「……何笑ってるんだよ」

兄は面白そうにニコニコ笑っていた。その笑顔が癇に障る。

「すごく機嫌が悪そうだね」

「……別に」

「春樹がショックを受けていたよ。夏希の方がかっこいいって言ったんだって？」

そう言うと声を殺して笑い始めた。

……何がそんなに面白いのだ。

確かに、八つ当たりをしてしまった自覚がある。

春兄に悪かったな、と思うけど……。

スマホで会長に連れて行ってもらった古城を表示して兄に渡す。

春兄に教えてやれと言われていたが、まだ伝えていなかった。

「……ここ、兄ちゃんが好きそうだって、会長が調べていた場所なんだ。この前連れて行ってもらったんだけど、絶対兄ちゃんは喜ぶよ。会長は自分より、春兄が連れて行った方が喜ぶだろうから、教えてやれって……」

そう伝えると、兄は目を丸くして画面を見た。

「本当だ。オレの好みだな。へえ……あの城が再現されているのか。行ってみたいな」

「よく調べたなあ」なんて感心しながら、兄はスマホを見入っている。

その姿を見ると、なぜか僕が誇らしくなってきた。

「会長は本当にかっこいいんだから！」

「そのかっこいい夏希は、今は央のことが好きだって言っているけど？」

「…………」

まさかそんな返しをされるとは思わなかった。

それについては触れないでいただきたいのですが、このカップルは……。

やっぱり何も話す気になれず黙っていると、兄がベッドに腰を掛けた。

「央はどうして断ったの？」

「え？」

そういえば春兄も兄も、僕が会長を突っぱねたことを知っていたがなぜだろう。

会長から聞いたのだろうか。

「夏希の様子を見ていればわかるよ。ずっと世界が終わったような顔をしているからね」

不思議に思ったことが顔に出ていたのか、兄が訊かなくても教えてくれた。

世界が終わったって……そんな大事か？　心苦しくはあるけど、そんなにショックを受けてくれていることが嬉しくもある。僕は相変わらず自分勝手で最低だ。

ずっとこんなことを考えながらいるのも疲れるな……。

「夏希のこと、好きじゃないの？」

兄の直球の質問にどきっとしてしまう。

「だって将来のこととか考えたら、会長のためにも絶対その方が良いし……」

ぽつりと本音を零すと、兄は「ああ……」と納得したような声を出した。

何やらしばらく考えていたが、僕を真っ直ぐ見ると口を開いた。

「夏希が央への気持ちを打ち明けてきた時、色んな話を聞いて『央のことをよく見ているな』って思ったよ。夏希にならを任せてもいいなって思ったな、オレは」

なんだそれ、娘をやる父親のようなことを言わないでほしい。

「オレと春樹も、将来は色々苦労があると思うけど、それでも二人でなんとかやっていこうって決めたんだ。央が将来のために『そうした方がいい』って思った内容は、独りよがりになってない？」

二人がそういうことまで話し合っているとは知らなかった。

しっかりしていてすごいなと思うし、そうやって話し合えるのも羨ましく思える。

でも、それを僕と会長ができるかといえば……どうかな、自信がない。

「オレには央が辛いのを我慢しているように見えるけど、夏希はそういう悩みを打ち明けたり、相談したりする価値もない奴なのかな？」

「そんなことない！」

会長ならきっとなんとかしてくれる。でも、それじゃ駄目だと思うから……。

「泣かしてごめん」

「泣いてないし」

泣きそうな顔はしているかもしれないけど、泣いてないからセーフだ。

相変わらず子ども扱いして撫でてくる手を軽く振り払うと、兄は声を出して笑い始めた。

「いっぱい悩むといいよ」

母親に怒られて拗ねた時のようになってしまったが、気持ちは楽になった。

明日会長に会ったら、逃げないで少し話をしてみようか……。

今更だと聞いてくれないかもしれないけど。


翌日の朝、目が覚めると夏緋先輩からメッセージが入っていた。

『朝一で生徒会室に来い』と――。

夏緋先輩にまだ返事をしていないから、そのことについてだろうか。

緊張しながら生徒会室に行くと、夏緋先輩は長机に軽く腰を掛けて立っていた。

「来たか」

こちらを見たので、近寄って前に立つと、夏緋先輩は早速話を始めた。

「どうして呼び出したかわかるか？」

「……返事、ですか」

「決まったか？」

言うのが遅くなって申し訳ないけれど、ちゃんと言わなきゃ……。

「……ごめんなさい。僕は夏緋先輩の気持ちには応えられません」

そう伝えると、夏緋先輩は溜息をついた。でも、少し微笑んでいるように見えて……。

不思議に思っていると、夏緋先輩が再び僕にたずねた。

「兄貴のことは本当に良いのか？」

「え……何がですか？」

会長の話が出た途端、僕の心臓がきゅっとした。

「お前も本当はわかっているんじゃないか？　兄貴のことが好きなんだろう？」

「…………」

予想外の言葉に呆然としていると、夏緋先輩が苦笑いを浮かべた。

「お前を見ていればわかる」

そう言われ、なぜか泣きそうになった。そうか、夏緋先輩にはバレちゃうか……。

「好きだけど……駄目なんです」

駄目だ、やっぱり夏緋先輩には素直に話してしまう。

「会長の将来のことを考えたら、綺麗で優しい料理上手な奥さんがいた方がいいじゃないですか……。…………っ!?」

言い終わった直後、突然後ろから抱きつかれて苦しくなった。

あれ、夏緋先輩は前にいる……じゃあ、僕を抱きしめているのは誰だ？

「央っ！」

耳元で聞こえた声に、一気に心臓の鼓動が速くなる。

「……会長⁉」

「央、央っ……」

何度も名前を呼ばれながら、力いっぱい抱きしめられて苦しい。何がどうなっているのだ⁉

「……兄貴、せめてオレが出て行くまで待てよ。はあ……後は好きにやってくれ」

そう言って夏緋先輩は扉へ向かう。もしかして、ここに呼び出して、僕と会長の仲を取り持とうとしてくれたのだろうか……。

「夏緋先輩！」

僕に呼ばれ、夏緋先輩はこちらを見た。どうしよう、つい呼び止めてしまったけれど、言葉が出ない……。そんな僕を見て、夏緋先輩は呆れたように笑った。

「まあ、初めて兄貴に貸しを作れたのはよかったよ。これからせいぜい苦労してくれ」

そう言うと教室を出て行ってしまった。生徒会室に会長と二人きりだ。

「会長、離して……」

「もう離すものか」

僕を後ろから抱きしめる力は一向に弱まらない。

「お前は知らないだろう。お前に拒絶(きょぜつ)され、俺がどれだけ苦しんだか。つまらないことを考えやがって……」

「つまらないって……」

僕だって会長のことを想って苦しんだのに、「つまらない」の一言で一蹴しないでほしい。

「俺の将来なんか気にするな。お前の心配など必要ない。困難があっても俺はなんだって自分の力で切り開く。お前はただ、俺の近くにいればいい」

耳元で穏やかに語られ、くすぐったい。言葉もかっこいいし……勝てないな。

それに、やっぱり好きだなと思う。それでも……。

「会長が強いのはわかっています。でも、僕は将来のことを考えると、結婚できる相手の方が、結果的には会長が一番幸せになると思うんです。会長だけじゃなく、親や周りも幸せに——。…………っ⁉」

言い終わる前に会長と向かい合うように動かされ、口を塞がれた。突然呼吸ができなくなって驚いたが、何をされているか認識した瞬間、頭がパニックになった。

「ん〜〜っ！」

このままでは酸欠になる！　思いきり会長の胸を押すがビクともしない。相変わらず馬鹿力だな！　押していた手も邪魔だと掴まれ、抵抗の手段を奪われてしまう。

頭が真っ白になりながら必死に耐えていると、ようやく顔が離れた。

「なっ、何するんですか！」

生きるために急いで酸素を取り込みつつ猛抗議だ。一生懸命話していたのに！

そういう想いを込めて睨むと、会長は安心したような微笑みを浮かべた。

「やっと俺を見たな」

そういえば……最近はずっと逃げていたから、久しぶりに正面から会長を見た。

やっぱりかっこいい……世界で一番イケメンだ。

そんなことを思っていると、『イイ男の女を黙らせるための方法はキスだ』なんて話を思い出した。これをリアルでやっちゃうのが会長だよな、とにやけそうになる。

「何にやけているんだ？」

「に、にやけてなんていないですよっ」

我慢していたつもりだが、顔に出てしまっていたようだ。

もう一度こっそり会長に目を向けると、優しい顔で笑っていてどきっとした。

「そういうお前らしいところに何度救われたことか。お前に拒絶された間は苦しい時間だったが……。お前が自分のことより、俺のことを考えていてくれたことが嬉しい」

僕の好意がわかったと言われているようで、一気に顔に熱が集中した。

さっきからそうだが、今はもう発火して燃えてしまいそうだ。

それを悟られたくなくて顔を逸らすと、会長が声を出して笑った。

「お前は……『俺のために、俺の気持ちよりも、自分の判断や意思を優先させている』ということだな」

会長はそう言って、見慣れたいつもの自信たっぷりの『ニヤリ』を見せた。

「だったら俺もそうする。お前が俺のために身を引いてくれているのだとしても、お前の心が俺にあるのならもう二度と離れはしない。我慢などしない」

そして今度は正面から抱きしめられた。

さっきよりも力は入っていないが、さっきよりも温かい気がする。

このまま身を任せたいけれど、それでも「会長の幸せを思うと……」という想いが僕の中でくすぶっていて……。

それを悟ったのか、会長が僕の前髪(まえがみ)を避(よ)けて顔を覗(のぞ)きながら言った。

「お前はお前の好きにしていいが……諦(あきら)めたらどうだ？　お前が俺に勝てると思うのか？」

そう言われて嬉しくなったが、素直になれない部分が反抗(はんこう)してしまう。

「……もしかしたら、勝てるかもしれないじゃないですか」

「ほう？」

そう言うと、会長の顔が近づいてきた。これは……またするつもりだな!?

「痛っ！　……央？」

「そう何回もさせるか！」

顔を正面からベチッと叩いてやった。阻止成功！　これは勝ちじゃないだろうか。

得意げに笑うと、止められたことに驚いて顔を顰めていた会長が、再びニヤリと笑った。

「これは挑戦状と受け取っていいのか」

「え、いや……そういうことでは……」

嫌な予感がして逃げようとしたのだが……遅かった。

逃げないように片方の腕が捕まったまま、顎を掴まれていて動けない。

「いい度胸をしているじゃないか。お前はやっぱりこうではなくてはな」

兄ちゃん、先立つ不幸をお許しください……。

どうしてこんなことになってしまったのだろう……。

会長は兄を好きだったはずで、僕もそれを応援していたのになあ。

でも、仕方ないと思う。

僕は会長を好きになってしまったのだから——。

会長に関することは、大体なんでも『仕方ない』になってしまうなあ、なんて笑いが込み上げる。結局最後まで敵わないのだ。

ＢＬゲームの世界で主人公の弟に転生しましたが、僕も兄と同じ運命を辿りそうです。

この春、僕は華四季園学園を卒業した。

本当に濃い三年間だった。

一年の頃は自分がＢＬゲームの主人公だとわかって、あたふたしたなあ。

大学に進学するにあたり、僕は一人暮らし……ではなくて、二人暮らしを始めることになった。

相手はもちろん……うん。まあ、そういうことだ。

今日は引っ越し当日なのだが、二人での生活が始まることにそわそわしていた僕は、朝方まで眠ることができなかったので寝不足だ。同棲初日から何かへまをしそうで怖い。

「央、準備はできた？」

なぜか僕と同じくらいそわそわしている兄が部屋にやってきた。

「うん。そろそろ迎えにきてくれる時間だから下に行くよ」

「わかった」

頷いて階段を下りていく兄に続こうと思ったが、ふと改めて自分が子どもの頃から過ごした部屋を見た。

ここで色んなことがあったなあ。

寂しい気持ちもあるが、これからは新しい生活が待っているのだ。

名残惜しいが、慣れ親しんだ自分の部屋に別れを告げ、リビングに行くと春兄がいた。

「よお、央。お前がこんなに早く家を出るとはなあ」

「春兄、兄ちゃんのこと頼んだからね。天地家に住み着いてもいいから」

「おう！　そのつもりだ」

「……住み着かれるのは困るな」

またまた、兄もツンデレだなあ。これからは何も気にせず、思う存分励んでください。

そんなことを考えていると、インターホンが鳴った。なんとなく三人で顔を見合わせる。

「……迎えがきたみたいだね」

「じゃあ、僕は行くよ」

「お見送りするよ。改めて『央をお願いします』って頼みたいから……」

「そういうのはいいから！」

兄と春兄が立ち上がったが、照れくさいので全力で断る。

家を出るといっても、それほど遠くない。気が向いたらすぐに遊びに来るつもりだ。

「じゃあ……いってきます、でいいかな」

照れながらそう言うと、兄が「いってらっしゃい」と微笑(ほほえ)んだ。

心なしか目にうっすら涙(なみだ)が滲(にじ)んでいる気がする。

兄は僕の育ての親みたいなものだもんなあ。

僕も少し泣きそうになってしまった。

春兄、僕が出たら色んな意味で、兄を泣かせてあげてください。

改めて「いってきます！」を告げてリビングを出る。

そして、玄関(げんかん)のドアを開けると、眩(まぶ)しい太陽の光の中に、笑顔(えがお)の恋人(こいびと)が立っていた。

「あれ、この景色どこかで見たような……」

「？」

「なんでもない。行こうか」

僕がそう言うと、恋人は手を差し出してきた。

その手を握(にぎ)り、一歩を踏(ふ)み出(だ)す。

転生したら『BLゲームの主人公の弟』になったけど、自分も『続編の主人公』だった僕の物語は——。

恋人編としてこれからも続く……のかもしれない。

END

一巻から七年後、ということでお久しぶりです。花果唯です。

二巻を出していただけることになり、とても嬉しいです！

メインキャラ全員分のエンディングを書きたい！　と思っていたので、叶えることができて感無量です。

気に入ったエンディングはあったでしょうか？　あったらいいな！

加奈先生の素敵なコミカライズから、たくさんの方が知ってくださり、グッズが出たり、ボイスコミックにもなったりという幸せな体験をさせていただきました。

素敵な漫画に合わせて、豪華声優陣による元気なキャラ達の声を聴いていると、本当に央達が生きているように感じて感動しました。

このような体験をさせてくださった担当様、しヴぇ先生、加奈先生、コミックス担当様、関わってくださった全ての方々に感謝申し上げます。

そして、央達や作品を支えてくださった読者様、本当にありがとうございました！

花果　唯

◆ご意見、ご感想をお寄せください。
[ファンレターの宛先]
〒102-8177 東京都千代田区富士見2-13-3
株式会社KADOKAWA　ビーズログ文庫アリス編集部
花果唯先生・しヴぇ先生

●お問い合わせ
https://www.kadokawa.co.jp/
(「お問い合わせ」へお進みください)
※内容によっては、お答えできない場合があります。
※サポートは日本国内のみとさせていただきます。
※Japanese text only

# BLゲームの主人公の弟であることに気がつきました 2

花果 唯

2024年3月15日　初版発行

| | |
|---|---|
| 発行者 | 山下直久 |
| 発行 | 株式会社KADOKAWA<br>〒102-8177　東京都千代田区富士見2-13-3<br>0570-002-301(ナビダイヤル) |
| デザイン | coil |
| 印刷所 | TOPPAN株式会社 |
| 製本所 | TOPPAN株式会社 |



ISBN978-4-04-737858-2　C0193

定価はカバーに表示してあります。

◇◇◇